사르비아 총서 · 409

옛시가 있는 에세이

정진권 지음

범우사

차 례

☐ 이 책을 읽는 분에게 · 9

향가鄕歌 · 15

어여쁘신 공주님/薯童, 薯童謠 · 17
자줏빛 바위 가에/失名老人, 獻花歌 · 20
생사로(生死路) 예 있음에/月明, 祭亡妹歌 · 23
흰 구름 흐르는 곳/忠談, 讚耆婆郞歌 · 26
무릎을 곧추며/希明, 禱千手觀音歌 · 29
마음의 붓으로 그리사온/均如, 禮敬諸佛歌 · 32

가요歌謠 · 35

달하, 높이곰 돋으시어/行商人妻, 井邑詞 · 37
내 님을 그리사와/鄭敍, 鄭瓜亭 · 40
삭삭기 세모래 별에/鄭石歌 · 43
대동강(大同江) 아즐가/西京別曲 · 46
살어리 살어리랏다/靑山別曲 · 49
호미도 날이언마라난/思母曲 · 52
가시리 가시리잇고/가시리 · 55
듥긔둥 방아나 찧어/相杵歌 · 58

송시頌詩 · 61

　뿌리 깊은 나무는/世宗朝諸儒, 龍飛御天歌 · 63
　외외(巍巍) 석가불(釋迦佛)/世宗, 月印千江之曲 · 66
　사해(四海) 바다 깊이는/尙震, 感君恩 · 69

시조時調 · 73

　일 심어 느즛 피니/成汝完 · 75
　백설(白雪)이 잦아진 골에/李穡 · 78
　이몸이 죽어 죽어/鄭夢周, 丹心歌 · 81
　구름이 무심(無心)탄 말이/李存吾 · 84
　한송정(寒松亭) 달 밝은 밤에/紅粧 · 87
　대추 볼 붉은 골에/黃喜 · 90
　수양산(首陽山) 바라보며/成三問 · 93
　천만 리 머나 먼 길에/王邦衍 · 96
　있으렴, 부디 갈다/成宗 · 99
　추강(秋江)에 밤이 드니/李婷 · 102
　삿갓에 도롱이 입고/金宏弼 · 105
　늙었다 물러가자/宋純, 致仕歌 · 108
　동짓달 기나 긴 밤을/黃眞伊 · 111
　연하(煙霞)로 집을 삼고/李滉, 陶山十二曲 · 114
　삼동(三冬)에 베옷 입고/曺植 · 117

성현(聖賢)의 가신 길이/權好文, 閑居十八曲 · 120
보거든 슬믜거나/高敬命 · 123
일곡(一曲)은 어디메오/李珥, 高山九曲歌 · 126
재너머 성 권농(成勸農) 집에/鄭澈 · 129
짚방석 내지 마라/韓濩 · 132

지당(池塘)에 비 뿌리고/趙憲 · 135
한산(閑山)섬 달 밝은 밤에/李舜臣 · 138
북천(北天)이 맑다커늘/林悌 · 141
묏버들 가려 꺾어/洪娘 · 144
동리(東籬)에 국화 피니/申啓榮, 田園四時歌 · 147
말하면 잡류(雜類)라 하고/金尙容 · 150
반중(盤中) 조홍(早紅) 감이/朴仁老 · 153
풍파(風波)에 놀란 사공(沙工)/張晩 · 156
가노라 삼각산(三角山)아/金尙憲 · 159
이화우(梨花雨) 흩날릴 제/李梅窓 · 162

나무도 아닌 것이/尹善道, 五友歌 · 165
가을에 곡식 보니/李徽逸, 田家八曲 · 168
청석령(靑石領) 지나거냐/鳳林大君 · 171
바람에 휘었노라/麟坪大君 · 174
동창(東窓)이 밝았느냐/南九萬 · 177
감장새 작다 하고/李澤 · 180

글도 병(病)된 일 많고/金壽長 · 183
강호(江湖)에 노는 고기/李鼎輔 · 186
기러기 다 날아가고/趙明履 · 189
금준(金樽)에 가득한 술을/鄭斗卿 · 192

잘 가노라 닫지 말며/金天澤 · 195
옥분(玉盆)에 심은 매화(梅花)/金聖器 · 198
땀은 듣는 대로 듣고/魏伯珪, 農歌九章 · 201
꿈에 왔던 님이/朴孝寬 · 204
어리고 성긴 가지/安玟英, 詠梅 · 207
솔이 솔이라 하니/松伊 · 210
베잠방이 호미 메고/申喜文 · 213
주공(周公)도 성인(聖人)이샷다 · 216
해 져 황혼이 되면 · 219
춘풍(春風)에 떨어진 매화 · 222

천세(千歲)를 누리소서 · 225
어이러뇨, 어이러뇨 · 228
시어머니, 며늘아기 나빠 · 231
대천(大川) 바다 한가운데 · 234
나무도 바이 돌도 없는 메에 · 237
부러진 활, 꺾어진 창 · 240

가사歌辭 · 243

엊그제 겨울 지나/丁克仁, 賞春曲 · 245
동풍(東風)이 건듯 불어/鄭澈, 思美人曲 · 248
석일(昔日) 주중(舟中)에는/朴仁老, 船上歎 · 251
술 빚고 떡 하여라/丁學游, 農家月令歌 · 254
다 핀 꽃을 캐어다가/鳳仙花歌 · 257
어떤 처녀 팔자 좋아/老處女歌 · 260

민요民謠 · 263

처녀총각 노래/大邱地方 · 265
밀양(密陽) 아리랑/密陽地方 · 268
시집살이 요(謠)/永同地方 · 271
모심는 노래/陰城地方 · 274
베틀노래/靑陽地方 · 277

□ 이 책을 읽는 분에게

　지난 2002년 9월에 저자는 《한시(漢詩)가 있는 에세이(범우사)》라는 이름으로 수필집 한 권을 낸 바 있다. 이 책은 저자가 한시 한 편씩을 소재로 하여 쓴 수필들을 모아 엮은 것이다. 이제 저자는 다시 《옛시(古典詩)가 있는 에세이》라는 이름으로 또 한 권의 수필집을 낸다. 이 책은 한시를 제외한 우리 옛시, 즉 향가(鄕歌), 가요(歌謠), 송시(頌詩), 시조(時調), 가사(歌辭), 민요(民謠) 등을 소재로 하여 쓴 글들을 모은 것이다. 이 글들은 대체로 2001년에서 2002년에 걸쳐 쓴 것들이다.
　저자는 《한시(漢詩)가 있는 에세이》를 낼 때, 한시라고 하는 우리 문학 유산을 통하여 오늘의 나와 내 이웃과 내 나라, 요컨대 우리 현실을 바라보자는 것이 책을 내는 가장 큰 목적이라고 말한 바 있다. 이 책을 내는 목적도 마찬가지다. 한시도 그렇지만 우리 옛시라고 하는 것이 과거라고 하는 옛 시간 속에 파묻혀 있는 죽은 문학이 아니다. 그것은 읽는 사람의 머리와 가슴을 통하여 오늘의 우리 앞에 엄연히 살아 움직이는 문학이다. 우리는 이 살아 움직이는 문학에서 선인(先人)들의 사상과 정서와 생활을 이해할 뿐만 아니라 그것으로써 오늘의 우리의 삶을 비추어 볼 수 있는 것이다. 삶을 비추어 보는 것은 단순한 호사(好事)가 아니다. 그 삶을 보다 윤택하게 하기 위한 노력이다.

그런데 오늘의 우리 문학 현실은 어떤가? 옛 시조 한 수 외우려 하지 않는다. 그리하여 우리 옛시(옛시만이 아니라 모든 고전문학)는 대학 국문학과의 전유물이 되어 강의실 밖으로 나오지를 못한다. 빛나는 문학 유산을 가지고 있으면서도 없는 것이나 다름없는 것이 오늘의 우리 문학 현실이다. 저자는 이 책을 읽는 분들이 저자의 수필은 도외시하더라도 거기 인용된 옛시에만은 관심을 가져 주기 바란다. 그것은 실로 살아 움직이는 문학이다.

저자는 위에 말한 《한시(漢詩)가 있는 에세이》 외에 다음과 같은 책을 낸 일이 있다. 앞의 책은 우리 한시를, 뒤의 책은 한시 일부를 포함한 우리 옛시를 번역, 주석, 평설한 것이다.

《한시를 읽는 즐거움》, 학지사, 1997.
《고전시를 읽는 즐거움》, 학지사, 2001.

이제 여기 내는 《옛시(古典詩)가 있는 에세이》는 이 두 책 중 후자를 바탕으로 한 것이다. 이 밖에 저자가 이 수필들을 쓸 때 의지한 책들을 보이면 다음과 같다. 지으신 분들에게 경의를 표한다.

양주동(梁柱東),《고가연구(古歌研究)》, 일조각, 1965.
지헌영(池憲英),《향가여요신역(鄕歌麗謠新譯)》, 정음사, 1947.
이탁(李鐸),《국어학논고(國語學論攷)》, 정음사, 1958.
이재선(李在銑),《향가(鄕歌)의 이해(理解)》, 삼성미술문화재단, 1979.
김완진(金完鎭),《향가해독법연구(鄕歌解讀法研究)》, 서울대 출판부, 1982.
김준영(金俊榮),《향가문학(鄕歌文學)》, 형설출판사, 1987.
양주동(梁柱東),《여요전주(麗謠箋注)》, 을유문화사, 1947.
김형규(金亨奎),《고가주역(古歌註譯)》, 백영사, 1955.
김성배(金聖培)·박노춘(朴魯春)·이상보(李相寶),《가사문학전집(歌辭文學全集)》, 정연사, 1961.
방종현(方鍾鉉),《고시조정해(古時調精解)》, 일성당서점, 1955.
심재완(沈載完),《고시조천수선(古時調千首選)》, 형설출판사, 1974.

끝으로 착상이 아둔하고 문장이 산만한 글이지만 크게 나무라지 않고 책으로 내주시는 범우사 대표 윤형두 선생과 관계 사원 여러분께 고맙고 미안한 마음 금할 수 없다.

2003년 9월 지은이

옛시(古典詩)가 있는 에세이

향가鄕歌

어여쁘신 공주님 薯童謠

"어여쁘신 공주님과 사랑 한번 해 봤으면…."

내가 이렇게 말하면 여러분은 아마 실소를 금치 못할 것이다. 지가 무슨 왕자님이라고. 그러나 공주님과 사랑을 하는 것은 꼭 왕자님 또는 높은 신분만 가능한 것은 아니다.

옛날 백제 땅에 마를 캐서 생계를 잇는 한 소년이 있었다. 사람들은 그를 서동(薯童, 마 캐는 아이)[1]이라고 불렀다. 그는 기량이 출중한 소년이었다. 어느 날 소년은 신라 진평왕(眞平王)의 셋째 따님 선화(善花 또는 善化) 공주가 탁월한 미모라는 소문을 들었다. 그는 곧 신라로 떠났다. 그러나 한낱 마 캐는 소년으로서는 공주를 만날 수 없었다. 어찌할까? 그는 우선 거리의 아이들에게 마를 나누어 먹이면서 그들과 사귀었다. 그런 연후에 노래를 지어 아이들에게 부르게 하니 이

---

1) 백제 제30대 임금(?~641)인 무왕의 아명. 무왕은 제29대 법왕의 아들이니까, 마를 캐서 생계를 이었다는 것은 사실은 아닐 것이다.

것이 서동의 노래, 곧 〈서동요(薯童謠)〉다. 그러나 내용은 선화 공주를 노래한 것이다.

> 어여쁘신 공주님, 선화 공주님,
> 아아무도 모르게
> 열어 두시고,
>
> 밤이면 서동님께 놀래 가시네.
> 그님 품에 안기시려
> 몰래 가시네.
>
> 《삼국유사(三國遺事)》

노래는 삽시간에 퍼져 궁궐에까지 들리게 되었다. 공주가 서동을? 있을 수 없는 일이다. 백관(百官)이 간(諫)했다.
"아니 되옵니다. 멀리 내치소서."
그리하여 공주는 지은 죄 없이 귀양길에 올랐다. 두렵고 외로운 먼 귀양길, 그 도중에 서동이 나타나 말했다.
"불초하오나 이 몸이 모시고 가겠사옵니다."
공주는 처음 보아 그가 누구인지 알 수 없었으나, 한편으로는 미덥고 한편으로는 기뻤다. 그리하여 둘은 그 가는 길에 정을 통하니, 서동은 훗날의 백제 무왕(武王)이요, 공주는 그 비(妃)다.[2]
이 이야기에 드러난 서동의 행동은 그리 떳떳하지가 못하

---

2) 《삼국유사》 제2권 무왕(武王) 참조.

다. 제 욕심 채우려고 남을 곤경에 처하게 하는 것은, 설령 그 결말이 좋다 하더라도 비열한 짓이다. 그러나 이런 생각을 덮고 이 이야기를 다시 읽어 보면 산뜻한 데가 있다. 공주는 왜 처음 보는 서동에게서 미더움과 기쁨을 느꼈을까? 단순히 두렵고 외로운 길이어서 그랬을까? 아닐 것이다. 비범(非凡)함을 보았기 때문에 그랬을 것이다.

"어여쁘신 공주님과 사랑 한번 해 봤으면…."

나는 물론 이렇게 말한 일도 없고 앞으로도 이런 말을 하는 일은 없을 것이다. 이것은 내가 왕자 또는 높은 신분이 못 되어서가 아니라, 공주에게 믿음과 기쁨을 줄 수 있는 아무런 비범함도 없다는 것을 스스로 잘 알고 있기 때문이다.

자줏빛 바위 가에 獻花歌

옛날 이야기 한 토막.

신라 성덕왕(聖德王) 때 수로(水路)라는 여인이 있었다. 아름다운 여인이었다. 그녀의 남편 순정공(純貞公)이 강릉 태수(江陵太守)가 되어 갈 때의 일이다. 일행이 어느 바닷가에서 점심을 먹게 되었다. 그 때 바닷가 천길 높이 솟은 바위 위에 철쭉꽃이 만발해 있었다. 여인은 그 꽃이 가지고 싶어서 종자들에게 말했다.

"누구 저 꽃 한 송이…."

그러나 종자들은 머리를 저었다.

"저곳은 사람의 발길이 닿을 수 없는 곳입니다."

그 때 암소를 몰고 지나가던 한 노인이 이 말을 듣고 그 꽃을 꺾어다 노래와 함께 바쳤다.[1] 노래는 다음과 같다.

---

1) 《삼국유사》 제2권 수로부인 참조. 여기 보인 노래는 그 배경 설화에 맞추어 저자가 재구성한 것.

자줏빛 바위 가에 암소 버리고
험한 벼랑 높이 올라
꽃을 꺾었네.

이 몸을 부끄리지 않으신다면
이 꽃을 그대에게
바치오리다.

《삼국유사》

이 노래가 그 유명한 〈헌화가(獻花歌)〉다.
자, 우리도 그 바닷가로 한번 가 보자. 푸른 바다, 흰 모래, 깎아 세운 듯 천길 높이 솟은 자줏빛 바위, 그 위에 만발하여 불타는 철쭉, 이제 노인이 꽃을 바치며 노래를 부른다. 신비로운 힘과 여인에 대한 열정, 거기다 노래 부르는 멋까지 철철 넘쳐 흐르는 노인.

이 몸을 부끄리지 않으신다면
이 꽃을 그대에게
바치오리다.

그런데 여인은 말이 없다. 왜 화답하는 노래 한 마디 없을까? 체통을 지켜야 하는 태수의 부인이어서 그런가? 그래도 좀 섭섭하다.[2] 그 때 여인이 이렇게 노래하며 꽃을 받았

---

[2] 저자는 한때 화답하지 않은 것을 퍽 미쁘게 생각했지만, 지금은 좀 섭섭하게 느껴진다. 저자가 퍽 개화된 모양이다.

더라면….

    그대, 이 마음을 헤아리시오니
    주시는 그 꽃을
    받자오리다.

 어느 오페라의 절정을 보는 느낌이다. 멋진 장면이다.
 자, 한 가지 생각해 보자. 만일 우리가 이 이야기에서 노래를 뺀다면 어찌 될까? 주고받는 꽃이야 그대로 있겠지만 멋은 이미 사라지고 없을 것이다. 우리의 생활에 노래가 있다는 것은 얼마나 다행스런 일인가? 밤길의 주정꾼도 노래를 부르며 가면 덜 밉다.

생사로(生死路) 예 있음에 祭亡妹歌

피리 부는 스님.

신라의 월명(月明)[1] 스님이다. 나는 꿈에도 한번 본 일 없는 그가 스물일곱 살의 훤칠한 키, 희고 맑은 얼굴에 두 눈이 서글서글한 젊은 스님으로 떠오른다. 그런 그가 일찍이 죽은 누이의 재(齋)를 올림에 향가를 지어 제(祭)를 지내니 노래는 이러하다.

생사로(生死路) 예 있음에 두려웠느뇨.
가노라는 말 한 마디
남김 없구나.

가을 이는 바람에 잎새 흩날 듯
한 가지에 나고서도[2]

---

1) 신라 경덕왕 때의 스님, 시인. 기타는 본문 참조.

가는 곳 몰라.

아아, 미타찰(彌陀刹)에 우리 만날 날,
도(道) 닦아, 도를 닦아
기다리리라.³⁾

《삼국유사》

    스님은 사천왕사(四天王寺)에 있었는데 피리를 잘 불었다. 일찍이 어느 달밤에 피리를 불며 길을 갔더니 달이 그 피리 소리에 가던 길을 멈추었다. 이로 하여 그곳을 월명리(月明里)라 불렀다.⁴⁾
    자, 그럼 우선 스님이 재를 올리는 곳으로 가 보자. 이른 나이에 지고 만 어린 누이의 죽음이 너무 슬프다. 죽음이 두려웠는가, 가노라는 말 한 마디 남김이 없었다. 같은 부모에게 태어나고서도 누이의 가는 곳을 모르는 자신이 너무 안타깝다. 그러나 곧 깨닫는다. 세속의 때 하나 묻지 않은 누이의 영혼은 반드시 미타찰(정토)에 가 머무르리니 내가 불도(佛道)를 닦으면 거기서 서로 만날 수 있으리라는 것을. 오라버니로서의 인간적인 슬픔이 신앙인으로서의 깨달음으로 승화되는 순간, 아 어디서 또 피리 소리가 들려 온다.
    자, 이번에는 피리 소리 들려 오는 곳, 그 월명리로 가 보

---

2) 같은 부모에게 태어나고서도.
3) 이 시의 제목은 〈제망매가((祭亡妹歌)〉, 즉 누이를 제사하는 노래.
4) 《삼국유사》 제5권 월명사(月明師) 참조.

자. 달이 밝다. 고요하고 깨끗한 밤이다. 한 젊은 스님이 피리를 불며 간다. 스님은 무엇을 생각하며 피리를 불까? 아무도 모른다. 그러나 혹 죽은 누이는 아닐까? 그래서 피리 소리가 이리도 애절하게 들리는가? 하늘의 달도 이 애절을 극한 피리 소리에 무심할 수는 없을 것이다. 드디어 가던 길을 멈춘다. 슬픔도 고뇌도 한 가락 피리 소리로 날리며 월명리 그 달 밝은 밤을 홀로 가는 한 젊은 스님의 외로운 뒷모습이 붓끝에 어린다.

이제 이 정 많은 오라버니는 저 미타찰에서 착한 누이와 함께 영원한 삶을 누리고 있을 것이다. 미타찰, 사별(死別)이 없는 그곳, 헤어짐 없는 아름다운 삶을 누리고 있을 것이다. 거기서도 스님은 피리를 불겠지만, 이승에서처럼 애절한 가락은 없을 것이다.

흰 구름 흐르는 곳
讚耆婆郎歌

"남의 예찬을 받을 수 있다면 얼마나 기쁠까?"

기쁠 것이다. 내가 예찬할 만한 사람이 내 주위에 있다면 또한 그 못지않게 기쁠 것이다. 그러나 누구나 남에게 예찬받고 누구나 남을 예찬할 수 있는 것은 아니다. 충담(忠談)[1]의 〈찬기파랑가(讚耆婆郎歌)〉[2]를 읽으면 나도 모르게 이런 생각을 하게 된다.

흰 구름 흐르는 곳 밝은 달이여,
파란 내에 비친 모습
내 님이셔라.

달빛 어린 자갈벌에 외로이 서서

---

1) 신라 경덕왕 때의 스님, 시인.
2) 기파랑을 예찬하는 노래.

높은 님의 마음 끝을
좇니노이다.

아아, 잣가지 높기도 해라.
서리도 모르시올[3]
내 님이시어.

《삼국유사》

　이 시는 충담이 기파랑(耆婆郎)을 예찬하는 노래다. 기파랑은 화랑(花郎)으로서 높은 인품을 지녔던 듯하다. 자, 우리 각자 충담이 되어 시 속으로 들어가 보자.
　무심히 하늘을 우러르매 흰 구름 흐르는 곳에 밝은 달이 나타난다. 다음 순간 파란 냇물에 떠 있는 그 달을 본다. 밝고 깨끗한 님의 모습이다. 달빛 어린 자갈벌에 외로이 선 나는 이제 님의 높은 정신 세계의 끝까지를 다 좇으리라 다짐한다. 그러자 님은 서리도 모르는 잣나무 높은 가지처럼 불변의 모습으로 다가선다.
　자, 이제는 시 속에서 나와 기파랑을 바라보자. 그는 어떤 사람이기에 남(충담)의 예찬을 받을까? 이 시에 따르면 그는 파란 냇물에 뜬 달처럼 밝고 깨끗한 인품이다. 서리 모르는 잣나무 높은 가지처럼 변치 않는 인품이다. 그렇다면 충담이 아니어도 예찬할 만하지 않은가? 밝고 깨끗하고 변치 않는 그 인품, 우리 중에는 혹 얄팍한 재주로 남의 예찬을 받고자

---

3) 어떤 어려운 상황이 닥쳐도 변치 않으실.

하는 사람은 없을까?

다음은 충담에게로 가 보자. 그는 어떤 사람이기에 남(기파랑)을 예찬할 수 있을까? 그는 일찍이 왕사(王師)를 사양했다고 한다.[4] 왕사를 사양했다고 하는 것은 모든 세속적인 것에 욕심이 없다는 뜻일 것이다. 만일 그가 세속적인 욕심을 가지고 남을 예찬한다면 그것은 참예찬이 아니라 아첨일 것이다. 우리 중에는 혹 속된 계산을 깔고 예찬을 일삼는 사람은 없을까?

"정진권 군, 훌륭한 인품 없이 남의 예찬을 받으려 하지 말라. 빈 마음 없이 남을 예찬하려고도 하지 말라."

---

4) 《삼국유사》 제2권 경덕왕(景德王) 참조.

무릎을 곧추며 禱千手觀音歌

"신앙(信仰)이란 어떤 것일까?"

언젠가 나는 희명(希明)[1]의 〈도천수관음가(禱千手觀音歌)〉를 읽고 스스로 이런 질문을 던져 본 일이 있다. 〈도천수관음가〉는 천수관음(千手觀音)께 비는 노래라는 뜻이다. 천수관음은 관세음보살(觀世音菩薩), 관음보살(觀音菩薩), 관음(觀音)이라고도 하는데, 손이 천 개(千手), 눈이 천 개(千眼)라고 한다.

희명은 신라 경덕왕 때 한기리(漢岐里)라는 마을에 살던 여인이다. 그녀가 어떤 사람이었는지는 알 수 없지만 짐작컨대 퍽도 신심(信心)이 깊은 여인이었던 듯하다. 그런데 그녀의 어린 아들이 다섯 살 되던 해에 갑자기 두 눈이 멀었다. 그 때 그녀의 절망이 어떠했을까? 고뇌의 밤이 이어졌을 것이다. 어느 날 희명은 아이를 안고 분황사(芬皇寺) 천수대비

---

[1] 본문 참조. 기타는 미상.

(千手大悲)의 벽화 앞에 나아가 아이로 하여금 노래를 지어 부르며 두 손을 모으고 빌게 했다. 마침내 아이가 눈을 떴다.[2] 이 노래가 곧 〈도천수관음가〉다.

무릎을 곧추며 두 손을 모아
천수관음께 비옵나이다.

천 손, 천 눈, 눈 하나 덜어
둘 감은 제 눈을 고쳐 주소서.

아아, 눈 하나 끼쳐 주시면
크기도 하시리라, 그 자비(慈悲)시어.

《삼국유사》

자, 희명을 한번 생각해 보자.
그녀는 천수관음의 존재와 그 능력에 대한 절대의 확신이 있었다. 만일 그런 확신이 없었다면 그 벽화 앞에 나아가지 않았을 것이다. 문득 신해사옥(辛亥邪獄, 1791), 신유사옥(辛酉邪獄, 1801)이 생각난다. 천주교 박해 사건이다. 많은 신자들이 귀양을 가고, 옥에서 죽고 죽임을 당했다. 그들도 그들이 믿는 천주의 존재와 그 능력에 대한 절대의 확신이 있음

---

2)《삼국유사》제3권 분황사 천수대비 맹아득안(芬皇寺千手大悲盲兒得眼) 참조. 이 이야기에 따르면 이 노래의 지은이는 희명의 아들이 된다. 그러나 다섯 살짜리가 무얼 알겠는가? 그 어머니가 지은 것이다.

으로써 그렇게 할 수 있었을 것이다.

 그녀는 또 천수관음을 향한 기원이 참으로 간절했던 여인이다. 천 손, 천 눈, 눈 하나 덜어 둘 감은 제 눈을 고쳐 주소서 하는 그 기원, 온 마음을 다 바친 기원이다. 나는 어느 종교 신자로부터 자기를 위하여 비는 것은 가장 낮은 차원의 기도라는 말을 들은 일이 있다. 그럴지도 모른다. 그러나 무엇을 위하여 빌든 거기 온 마음을 다하는 정성이 들어 있다면 반드시 응답이 있을 것이다.

 "신앙이란 어떤 것일까?"

 나는 알 수가 없다. 그러나 자기가 믿는 어느 절대자(絶對者)의 존재와 그 능력에 대한 확신, 그리고 그를 향한 간절한 기원을 빼놓고서는 말하기 어렵지 않을까 한다. 불교 신앙이든 기독교 신앙이든, 또 다른 어떤 신앙이든.

마음의 붓으로 그리사온 禮敬諸佛歌

나는 일찍이 균여(均如)[1]의 〈예경제불가(禮敬諸佛歌)〉[2]를 읽으면서 한 신심(信心) 깊은 불교 신도를 상상해 본 일이 있다. 〈예경제불가〉는 여러 부처님을 예경(禮敬, 성인을 예배함)하는 노래라는 뜻이다. 옮겨 보면 다음과 같다.

마음의 붓으로 그리사온 부처님 앞에,
절하는 이 몸이여, 법계(法界) 끝까지 이르(至)거라.

진진(塵塵)마다 불찰(佛刹)이요 찰찰(刹刹)마다 임하시온,
법계 가득 차신 부처님을 구세(九世) 다하여 섬기올지니,

---

1) 고려 광종 때의 스님(923~973). 속성은 변씨(邊氏). 수도(修道)에 힘 쓰면서 불교 보급에 노력하고 종파의 통합에도 힘을 기울였다.
2) 균여의 〈보현십원가(普賢十願歌)〉 11수 중 그 첫째 수.

아아, 몸으로 섬기옵든 말씀으로 섬기옵든 뜻으로 섬기옵든,

모두 고달픔도 싫음도 없이 부처님께 미치(及)어라.

《균여전(均如傳)》

자, 내가 상상했던 그 불교 신도에게로 가 보자.

그는 마음의 붓으로 늘 부처님을 그린다. 그리고 그 부처님 앞에 절하며, 그러는 자신의 신심이 우주(法界) 끝까지 이르기를 기원한다. 그가 믿기로는 우주의 먼지처럼 작고 수많은 세계(塵塵)가 다 부처님의 나라(佛刹)요, 부처님은 거기 임하셔서 안 계시는 데가 없는 분이다. 그는 아홉 번을 다시 태어나는 영원한 삶(九世), 영원한 시간을 다하여 그런 부처님을 섬기리라 다짐한다. 몸으로 섬기든, 말씀으로 섬기든, 뜻으로 섬기든, 거기 고달픔도 모르고 싫음도 없이 부처님께 미치는(及) 것이 또한 그의 염원이다.

자, 조금만 더 상상을 계속해 보자.

지금도 그는 마음의 붓으로 부처님을 그릴 것이다. 영원한 삶, 영원한 시간을 다하여 부처님을 섬기리라 다짐할 것이다. 그 섬김이 고달픔도 모르고 싫음도 없이 부처님께 미치기를 염원할 것이다. 그러면서 이제는 속세(俗世)로 뛰어들 것이다. 참으로 부처님을 섬기는 일은 자신의 개인적인 신심을 다지는 데서 끝나는 것이 아니라는 사실을 누구보다 잘 알기 때문이다. 대비(大悲, 가장 큰 자비)로써 화택(火宅, 불난 집, 번뇌 많은 세상)에 든 중생(衆生)을 구제하려는 것이 부처님의 참뜻이다.[3] 이제 그는 속세의 중생들에게 부처님

의 말씀을 전하며 그들을 구제하는 데 온 몸과 마음을 다할 것이다.

자, 이제는 현실로 돌아오자.

어느 종교를 신앙하든 그 신심을 다지는 것은 매우 중요한 일이다. 이렇다 할 신심 없이 나는 불자(佛子)요 크리스찬이요 한다면 그 신앙이라는 것은 빈 껍데기에 불과할 것이다. 그러나 신심을 다지는 것이 아무리 중요한 일이라 하더라도 거기서 끝난다면 그것은 그가 믿는 절대자의 참뜻은 아닐 것이다. 기독교는 사랑을 가르치고, 불교는 자비를 가르친다. 깊은 신심을 가지고 사랑과 자비를 실천할 때 그의 신앙은 완성되는 것이 아닌가 한다.

---

3) 원효(元曉), 《대승기신론(大乘起信論)》 참조.

가요歌謠

달하, 높이곰 돋으시어
井邑詞

　작년 가을 어느 날의 이른 아침 산책길, 우리 동네 북쪽 연립 주택 공터 앞을 지나다가 개인 택시 한 대가 서 있는 것을 보았다. 한 젊은 여인이 차에 걸레질을 하고 있었다. 조금 있으니까 청년 한 사람이 두어 살쯤 된 아기를 안고 나와 여인에게 건넸다. 청년은 여인이 쓰던 걸레로 차를 마저 닦고 시동을 걸었다. 그리고는 차에서 나와 아기 한 번 더 안아 주고 다시 차에 올랐다. 이윽고 차가 움직였다. 아기를 안은 여인은 멀리 사라지는 차를 바라보며 성호(聖號)를 그었다. 아름다운 모습이었다.

　아내의 기원(祈願), 순간 나는 문득 이런 말이 떠올랐다. 옛날 어느 행상인(行商人)의 아내가 지었다는 〈정읍사(井邑詞)〉 한 구절도 함께 떠올랐다. 젊은 아내가 달을 보고 비는 그 노래.

　　달하, 높이곰 돋으시어

어긔야, 멀리곰 비춰오시라.[1]

《악학궤범(樂學軌範)》

옛날의 그 젊은 여인을 상상해 보자.

남편은 행상, 무거운 짐을 등에 지고 떠도는 등짐장수였다. 고달픈 삶이었다. 여인은 그런 남편이 안쓰러웠다. 때로는 그 안쓰러운 남편의 가슴에 얼굴을 묻고 안타까워도 했을 것이다.

오늘은 행상 나간 남편이 돌아오는 날이다. 기쁜 날이다. 그런데 웬일로 남편이 늦는다. 전에 없던 일이다. 어느덧 달이 뜬다. 여인은 겁이 덜컥 난다. 부랴부랴 산을 오른다. 험한 길에 무슨 해라도 입은 건 아닐까? 여인은 두 손을 모으고 달을 우러른다. 달님이시여, 높이높이 돋으시어 멀리멀리 내 님의 길을 비추어 주소서. 우리 동네 그 여인은 성호를 그으며 무슨 기원을 드렸을까? 하느님이시여, 오늘도 우리 그이가 무사하게 하소서.

이번에는 행상 나간 그 남편을 상상해 보자.

그는 그 아내가 늘 고마웠다. 가난한 살림이었다. 힘든 삶이었다. 늘 기다리기만 하는 사람, 그는 그런 아내가 안쓰러웠다. 때로는 그 안쓰러운 아내를 가슴에 안고 마음 아파도 했을 것이다.

오늘은 집에 돌아가는 날이다. 기쁜 날이다. 그런데 종일 장이 안 되었다. 어느덧 해가 진다. 할수없이 물건들을 거두

---

1) 정읍의 노래. 여기 보인 것은 이 노래의 첫 부분(2행).

어 등짐을 꾸린다. 뱃속이 쪼르륵한다. 막걸리 한잔 죽 하고도 싶다. 그러나 꾹참고 일어선다. 바지 걷고 건너는 냇물에 달이 뜬다. 아내의 얼굴도 함께 뜬다. 배고픈 것도 다리 아픈 것도 다 잊는다. 택시를 몰고 나간 우리 동네 그 청년의 돌아오는 길, 그도 아내와 아기를 그리며 고된 하루를 잊을 것이다.

자, 우리의 상상을 조금만 더 펼쳐 보자.

그날, 행상은 무사히 돌아왔을 것이다. 달님이 그 아내의 기원을 들어 주셨기 때문이다. 우리 동네 그 청년도 종일 무사했을 것이다. 하느님이 그 아내가 성호 긋는 것을 보셨기 때문이다.

착한 아내들이여, 우리들 보통의 남편은 다 행상처럼, 운전 기사처럼 고달프다. 그들을 위하여 당신이 믿는 달님에게, 당신이 믿는 하느님에게 기원을 드리지 않겠는가? 두 손 모으고, 성호 그으며.

내 님을 그리사와
鄭瓜亭

　고려 인종(仁宗) 때 정서(鄭敍)[1]라는 분이 있었다. 그는 임금의 총애(寵愛)를 많이 받았다. 그런데 다음 임금인 의종(毅宗)이 즉위하자 그의 고향인 동래(東萊)로 쫓겨나게 되었다. 주위의 모함 때문이었다. 그를 보내며 의종이 말했다.
　"오늘 그대를 보내는 것은 조정(朝廷)의 공론(公論)에 따른 것이다. 가 있으라. 머잖아 다시 부르리라."
　그러나 오랜 세월이 지나도 의종은 다시 부르지 않았다. 이에 정서가 거문고를 타며 노래를 지어 부르니 그 노래가 퍽 처연했다.[2] 그것이 곧 〈정과정(鄭瓜亭)〉[3]이다. 노래는 이러하다.

---

1) 고려 의종 때의 문인. 호는 과정(瓜亭). 문장이 뛰어났다.
2) 《고려사(高麗史)》 악지(樂志) 참조.
3) 이 노래의 제목은 《악학궤범》에 〈삼진작(三眞勺)〉으로 전한다. 그러나 더 널리 알려진 대로 〈정과정〉이라 부르자. 모두 11구인데 위에 보인 것은 앞 부분 네 구를 두 연으로 저자가 재구성한 것.

내 님을 그리사와 우니노니
산(山) 접동새 난
이슷하요이다.[4]

아니시며 거츨으신 줄을
잔월효성(殘月曉星)이
알으시리이다.

《악학궤범》

머잖아 다시 부르리라던 의종이 오래 지나도록 다시 부르지 않은 까닭은 무엇이었을까? 의종이 잊었던 것일까? 아니, 정서를 계속 모함하는 무리가 있어서 그랬을 것이다. 그 후 그는 명종(明宗)이 즉위하여 다시 기용되었는데 내침을 당한 지 20년 만이었다.

자, 노래 속으로 들어가 보자. 주위의 모함으로 님의 내침을 당한 사람이 하나 보인다. 그는 그 님을 그리워하며 운다. 그 울음은 산에서 피나게 우는 접동새처럼 처절하다. 그는 울며 말한다.

"그들의 말은 사실이 아닙니다. 저를 모함하는 황당한 말입니다. 지는 달 새벽별(殘月曉星)이 다 압니다."

지금 세상에도 남을 모함하는 말은 많다. 그런 말 중에는 전혀 사실이 아닌 것을 사실인 것처럼 꾸며 내는 말도 있고 바늘만한 사실을 몽둥이만하게 부풀리는 말도 있다. 남을 모

---

4) 나는 그 우는 것이 산 접동새와 비슷하옵니다.

함하는 말은 그렇게 말함으로써 자기의 이익을 도모하려는 것이 목적이다. 가령 두 사람을 이간시키거나 경쟁자에게 타격을 가함으로써 자기의 위치를 공고하게 하는 것과 같은 것이다. 그런 말이기 때문에 그 말은 교묘하다. 그리고 그 말을 하는 사람은 남의 말처럼 흘리기도 한다.

설령 내침까지는 당하지 않는다 하더라도 남의(특히 신하로서 임금의) 오해나 의심을 받는다는 것은 괴로운 일이다. 지는 달 새벽별이 안나 한들 말 한 마디 못하는 그것들이 무슨 소용인가?

사람은, 특히 높은 자리에 있는 사람은 남의 말을 가려 들을 줄 알아야 한다. 말이 그럴 듯하다고 해서 아무 사려 없이 거기 솔깃하면 남의 가슴에 한이 맺히게 할 수도 있다.

삭삭기 세모래 별에
鄭石歌

요즈음 이혼하는 젊은 부부들이 많다고 한다. 네 쌍 중 한 쌍이라는 말도 있다. 잘은 모르지만 다 너 아니면 죽는다고 발버둥치던 사람들일 것이다. 내가 좀 아는 노처녀 한 사람이 작년에 시집을 갔는데 듣자 하니 지금 이혼 수속을 밟는다고 한다. 나는 그 말을 들으면서 고려 노래 〈정석가(鄭石歌)〉[1] 몇 줄을 생각했다.

  삭삭기 세모래 별에, 삭삭기 세모래 별에
  구운 밤 닷 되를 심고이다.
  그 밤이 움이 돋아 싹 나거시아
  그 밤이 움이 돋아 싹 나거시아
  유덕(有德)하신 님[2]을 여의아와지이다.

---

1) 정석(鄭石)의 노래. 정석은 미상이나 지은이(시적 자아)에게 있어서는 어떤 절대적인 존재인 듯. 전 6연 중 여기 보인 것은 제2, 6연.
2) 덕 있는 님. 내 님. 곧 정석을 이름이겠다.

구슬이 바위에 지신들, 구슬이 바위에 지신들
끈이딴 그치리이까.[3]
즈믄 해를 외오곰 녀신들
즈믄 해를 외오곰 녀신들
신(信)이딴 그치리이까.

《악장가사(樂章歌詞)》

자, 노래 속을 한번 들여다보자.

물기 하나 없는 가는 모래 벼랑에 구운 밤 닷 되를 심는다. 그리고 빈다. 이 밤이 움터 싹이 나거든 내 님(유덕하신 님)과 이별하게 해 달라고. 영원히 이별이 없기를 바라는 간절한 염원이다.

그러나 이런 염원에도 불구하고 이별은 있었다. 님이 떠나던 날 그녀(또는 그)는 조용히 맹세했다. 천년을 떨어져 살지라도 님에 대한 내 신의는 변하지 않을 거라고. 이것은 나에게 대한 님의 신의 또한 변함 없기를 바라는 간절한 염원이기도 했을 것이다.

자, 이제는 내가 좀 안다는 그 노처녀에게로 가 보자.

그녀는 서울역 근처에서 찻집을 한다. 작년에 시집 갈 때 그녀의 나이 서른넷이었다. 신랑은 그녀의 찻집에서 가까운 어느 회사에 다니는데 그녀보다 두 살 위다. 그는 경상도 어느 시골 부농(富農)의 삼형제 중 막내라고 한다. 둘 다 늦은

---

3) 구슬이 바위에 떨어진들(구슬은 산산히 부서지겠지만 그것을 꿴) 끈이야 끊어지겠습니까? 불변의 신의를 말한 것.

나이여서 그랬던지 그들의 연애는 말 그대로 열애였다. 그런데 결혼한 지 얼마 안 되어 문제(실은 문제랄 것도 없다)가 생겼다. 시부모가 힘이 부쳐 더는 농사를 지을 수 없기 때문에 농토를 정리하고 서울 막내네로 올라오겠다는 것이다(위로 두 아들은 외국에 나가 산다). 그런데 그녀는 죽어도 시부모는 못 모시겠다고 한다. 이것이 이혼 사유다.

 바위에 떨어진 구슬처럼 내 몸이 나 부서져도 그 구슬을 꿴 끈같이 끊어짐 없는 신의, 천년을 떨어져 살아도 변함 없는 그 믿음, 요즈음 세상에 어떻게 이런 것을 바랄까마는, 그러나 그렇다 하더라도 너무 쉽게 헤어지는 것은 아닌가 한다.

대동강(大同江) 아즐가
西京別曲

옛시를 읽다 보면 절로 웃음이 나오는 장면을 만날 때가 더러 있다. 가령 〈서경별곡(西京別曲)〉[1] 제3연 같은 경우다. 다음에 보이는 것은 그 제3연을 내가 다시 3연으로 재구성한 것이다.

대동강 아즐가,[2] 대동강 넓은지 몰라서
배 내어 아즐가, 배 내어 놓았다 사공아.

네 가시 아즐가, 가시 넘난지 몰라서[3]
녈 배에 아즐가, 녈 배에 얹는다[4] 사공아.

---

1) 서경의 노래. 서경은 지금의 평양. 모두 3연으로 되어 있다.
2) 별 의미 없는 조흥어(助興語, 흥을 돕는 말).
3) 네 아내가 음란한 마음이 난지 몰라서.
4) (내 님을 네가 몰고)가는 배에 얹느냐(싣느냐)?

대동강 아즐가, 대동강 건넌편 꽃을여[5]
배 타 들면 아즐가[6], 배 타 들면 꺾으리이다.

《악장가사》

입이 좀 험한 여인이 하나 있었던 모양이다. 그런데 그녀의 님이 그녀를 떠나 대동강 건넌편으로 간다. 생각건대 입험한 그녀는
"나 죽는 꼴 보고 싶어?"
하면서 못 떠나게 많이도 말렸을 것이다. 그러나 님은 배를 타고 떠난다. 말리다 못해 치밀 대로 화가 치민 여인은, 이번에는 애꿎은 사공에게 마구 악담을 퍼붓는다. 한번 그 장면을 상상해 보라.
"누가 대동강 넓다고 안 그래서 배 내어 놓았느냐? 네 아내가 음란한 마음이 난지 몰라서 내 님을 네 배에 싣느냐? 내 님이 대동강 건넌편엘 가면 반드시 네 아내를 범할 것이다."
자기 님을 싣고 가는 사공이 원망스러워서 퍼부은 소리지만 좀 심한 데가 있다. 어떻든 삿대질을 하며 퍼붓는 여인의 험구(險口)를 상상하면 나도 모르게 웃음이 난다. 아니, 그녀는 지금 비통과 분노에 차 있는데 내가 이렇게 웃으면 그녀에게 결례가 될지 모른다. 또 그녀가 이러는 나를 보면 그냥

---

5) 대동강 건넌편에 있는 꽃을(네 아내를).
6) 배를 타고 (대동강 건넌편엘) 들어가면.

있지도 않을 것이다. 그러니 웃는 이야기는 이쯤에서 그만 줄여야 할 것 같다.

자, 화제를 좀 돌리자. 생각건대 그녀는 전혀 교양이라고는 없는 여인 같다. 삿대질 운운한 것은 내 상상이니 사실이 아니라 치더라도 사공에게 퍼부은 것은 명백한 사실 아닌가? 첫째로 그녀는 사공에게 퍼부을 일이 아닌 것이다. 자기 님을 싣고 가는 사공이 아무리 원망스럽다 하더라도 그는 님이 떠나는 일과는 아무 상관도 없는 사람이다. 둘째는 말의 내용이 너무 험한 것이다. 실성한 사람이 아니고서야 어떻게 내 님이 네 아내를 범할 것이라는 말을 할 수 있겠는가? 사공으로서는 참 어처구니없는 일이다.

그런데 이 몰교양의 여인이 별로 밉게 생각되지 않는 것은 무슨 까닭일까? 교양이라는 이름으로 포장된 위선(僞善)을 너무 많이 보아서일까? 어찌 보면 퍽 진솔한 모습으로도 다가온다.

살어리 살어리랏다
靑山別曲

 어느 대학 서무과에 근무하는 한 총각이 교무과에 근무하는 처녀 하나를 짝사랑했다. 그래 이 사실을 안 교수 한 분이 중매를 섰다. 잘 어울린다고 생각해서 그랬을 것이다. 그런데 처녀가 싫다고 했다. 총각은 자존심이 상해서 못 살겠다며 며칠을 두고 밤마다 술을 퍼마셨다. 그리고 그런 며칠이 지나자 아무렇지도 않은 듯 웃음을 되찾았다. 하기야 싫다는 처녀에게 더 무엇을 바라겠는가?
 나는 그 때 총각의 아무렇지도 않은 듯한 그런 웃음을 보면서 고려의 노래 〈청산별곡(靑山別曲)〉[1] 몇 줄을 생각한 일이 있다.

 살어리 살어리랏다, 청산에 살어리랏다.
 머루랑 다래랑 먹고 청산에 살어리랏다.

---

1) 청산의 노래. 전 8연 중 여기 보인 것은 제1, 5연.

얄리얄리 얄라셩 얄라리 얄라.[2]

어디라 던지던 돌코, 누리라 마치던 돌코.[3]
믤 이도 괼 이도 없이[4] 맞아서 우니노라.
얄리얄리 얄랑셩 얄라리 얄라.

《악장가사》

  옛날의 어느 실연(失戀)한 젊은이를 하나 상상해 보자. 그는 그녀를 끔찍이도 사랑했다. 그러나 그녀는 그를 떠났다. 사정은 내가 알 수 없으니 각자의 상상에 맡기기로 한다.
  그는 세상이 싫어졌다. 그래 머루랑 다래랑 따 먹으며 청산에 살자 했다. 그러나 청산도 실연의 아픔을 잊을 수 있는 곳은 아니었다. 인적 없는 청산의 빈 밤은 너무 외로웠다. 그는 그녀가 그지없이 미웠다. 그렇지만 너무 그리웠다. 그 미움과 그리움(사랑)은 돌이 되어 그의 가슴을 쳤다.. 아팠다. 그래 울었다. 이렇게 생각하고 보면 한 젊은이의 실연의 아픔이 애절하게 떠오른다.
  자, 다시 어느 대학의 그 총각에게로 돌아가 보자. 그는 교무과의 한 처녀를 짝사랑했다. 그런데 가만히 생각해 보면 그의 그 짝사랑이라는 것이 정말 사랑이었는지 의심스럽다. 정말 사랑이었다면 자존심 상했다고 밤마다 술을 퍼먹지는

---

2) 별 의미 없는 후렴구.
3) 어디서 던진 돌인가, 누가 나를 마친 돌인가? 어디서 누가 나를 맞치려고 던진 돌인가? 실연의 아픔을 말한 것.
4) 미워하는 사람도 사랑하는 사람도 없이. 왜 없다는가? 하나의 역설.

않았을 것이다. 사랑 앞에 자존심이 뭐 그리 대단한가? 정말 사랑이었다면 며칠 술 퍼먹고 금방 웃음을 되찾을 수는 없었을 것이다. 어떻게 그처럼 쉽게 잊을 수가 있겠는가? 나이 찬 총각이니 짝지을 처녀가 필요했을 것이다. 그런데 마침 호감이 가는 처녀가 있었던 것이다. 그렇다면 일종의 성적 욕구, 총각은 혹 그것을 사랑으로 착각한 것은 아니었을까?
 실연을 당했을 때 세상이 싫어질 만은 해야 그래도 사랑이라고 할 수 있을 것이다. 돌에 맞는 듯 아픈 밤이 이어져야 그래도 사랑이라고 할 수 있을 것이다. 그러나 지금은 쉽게 달아오르고 쉽게 식는 세상, 어찌 생각하면 그것이 편하게 사는 길인지도 모른다. 이렇게 쓰고 보니 별로 개운치가 못하다.

호미도 날이언마라난
思母曲

우리 집에 호미 두 자루, 낫 한 자루가 있다. 나는 이것으로 뜰의 잡초를 매고 시든 호박덩쿨을 거둔다. 일을 마치면 연장 그릇에 나란히 넣어 둔다. 그러자면 고려 노래 〈사모곡(思母曲)〉이 생각날 때가 있다. 그럴 땐 돌아가신 아버지 어머니의 모습도 떠오른다. 〈사모곡〉은 글자 그대로 어머니를 생각하는(사랑하는) 노래다.

호미도 날이언마라난[1]
낫같이 들 이도 없으니이다.

아버님도 어이어신마라난[2]
위 덩더둥셩[3] 어머님같이 괴실 이 없어라.

---

1) 호미도 날(刃) 있는 연장이지마는.
2) 아버지도 어버이(부모)이시지마는.
3) 무의미한 소리. 장구 소리라고도 한다.

아소 님하,
어머님같이 괴실 이[4] 없어라.

《악장가사》

  이 노래를 보면, 아버지는 날 무딘 호미로, 어머니는 잘 드는 낫으로 비유되어 있다. 아버지도 부모지만 어머니처럼 나를 사랑하는 사람은 없다는 것이 주제다. 어떻게 생각하면 지나치게 어머니 쪽으로 기운 노래가 아닌가도 싶다.
  우리 어머니는 우리 아홉 남매를 끔찍이도 사랑하셨다. 그 어렵던 시절, 우리가 배고플까 봐 동분서주하셨다. 우리가 잘못 자랄까 봐 노심초사하셨다. 우리 어머니가 드리는 기도의 가장 큰 주제는 언제나 우리 아홉 남매의 무사였다. 아버지도 똑같으셨다. 다만 내색만 안 하셨을 뿐이다. 그러므로 아버지를 호미로 어머니를 낫으로 비유한 이 노래의 수사법에 나는 동의하지 않는다.
  그러나 어떤 특수한 상황을 상정한다면 수긍할 수도 있을 것 같다. 가령 콩쥐 같은 경우다. 어머니를 일찍 여의고 계모에게 구박받는 아이, 그러나 아버지는 그걸 모른다. 아니, 알면서도 계모에게 빠져 묵인할 수도 있다. 어떻든 이런 아버지를 바라보는 자식의 눈에 그 아버지는 어떤 모습으로 비칠까? 날 무딘 호미. 이 노래의 주제는 우리들 인생에 있어서 보편적인 것은 아니다. 또 훌륭한 계모도 있다. 그러나 위와 같은 상황을 생각하면 가슴아픈 데가 있다.

---

4) 사랑하실 이(사람).

자, 이제는 이 노래를 떠나 자식으로서의 내 얘기 한 마디 적어 보자. 1977년 나는 중앙청에서 공무원 노릇을 하다가 파면 처분을 받은 일이 있다. 그 때 내 아버지 내 어머니는 나보다 더 가슴아파하셨다. 그 4년 후 나는 다시 복직이 되었지만 아버지는 그걸 못 보고 돌아가셨다. 나는 평생에 두 분의 가슴을 아프게 한 일이 많다. 그러나 이 일이 제일로 한스럽다.

〈사모곡〉은 위에서 말한 대로 어떤 특수한 상황에서만 수긍할 수 있는 노래다. 자식을 사랑함에 무슨 호미요 낫이겠는가? 남의 자식 된 자, 그 부모의 가슴을 아프게 할 일이 아니다.

가시리 가시리잇고
가시리

"가시리 가시리잇고 / 버리고 가시리잇고."
어느 고려 여인의 시 〈가시리〉[1]의 첫 연이다. 누가 이 시에 곡을 붙인다면 많이도 불리지 않을까 싶다. 님을 보내는 여인의 애절한 노래, 간절한 노래. 〈가시리〉는 모두 네 연으로 되어 있다.

가시리 가시리잇고,
버리고 가시리잇고.

날러는 어찌 살라 하고
버리고 가시리잇고.

잡사와 두어리마나난

---

1) 가시렵니까? 매 연마다 "나는 위 증즐가 太平聖代"라는 후렴이 있다.

선하면 아니 올세라.²⁾

설은 님 보내옵노니
가시는 듯 도셔오소서.³⁾

《악장가사》

님을 보내는 한 여인을 상상해 보자. 그녀가 말한다.
"정말 가셔요? 나를 버리고 정말 가셔요? 날더러는 어떻게 살라고 이렇게 버리고 가셔요? 가지 마셔요."
감정이 고조되면 산문(散文)이 운문(韻文)으로 변한다. 말이 시가 된다. 〈가시리〉는 그래서 생겨난 운문이요 시일 것이다. 그런데 떠나는 님은 말이 없다. 그는 왜 그녀를 버리고 떠나는 걸까? 그녀가 싫어져서일까? 아니면 어디 새 사람이 생겨서일까?
다시 여인을 보자. 이제 그녀는 그 애원의 소리를 접고 떠나는 님을 보낸다. 억지로 붙잡아서 될 일이 아닌 줄을 안 까닭이다. 그러나 그녀의 심중에 끊임없이 되뇌어지는 애원의 소리는 접지 못한다. 가시는 듯 도셔오소서.
그럼 이 시에 곡을 붙인다면 어떤 곡이어야 할까? 1, 2연은 가지 말라고 애원하는 말이니 애절해야 할 것이다. 3, 4연은 빨리 돌아오라고 비는 말이니 간절해야 할 것이다. 내

---

2) 내가 너무 심하게 굴면 다시는 아니 올까 염려가 되어 〈선하면(선ᄒᆞ면)〉에는 혹 다른 뜻이 있는지 모르겠다.
3) 가시는 것처럼(가시자 곧) 돌아오소서.

가 만일 작곡을 할 수 있다면 이렇게 곡을 붙여서 세상에 내놓을 것이다. 그러면 위에서 말한 대로 많이 불리는 노래가 되지 않겠는가?

 그런데 무슨 까닭인지 글이 잘 풀리질 않는다(해서 나는 지금 뜰에 나가 담배 한 대를 피우고 들어오는 길이다). 써 놓은 글을 다시 읽어 본다. 이상한 회의가 인다.

 "쉽게 떠나고 쉽게 보내고, 돌아서면 금방 잊고 마는 세상에 누가 청승맞게 이 노래를 부를까?"

 세상이 다 변했는데 이런 글이나 쓰고 앉아 있는 내가 내 생각에도 적잖이 답답하게 느껴진다. 그러나 우리의 소중한 것들이 너무 쉽게 사라지는 것 같아서….

듥긔둥 방아나 찧어
相杵歌

지난 주말 몇 명의 친구와 함께 교외로 어느 음식점을 찾은 일이 있다. 동동주와 파전 같은 것을 파는 민속 음식점이다. 처마밑에는 마른 장작이 가지런히 쌓여 있고, 뜰에 놓인 들마루 저만치에는 나무 절구통 하나가 묵직하게 앉아 있었다. 옛날의 농촌 분위기 그대로였다. 나는 술 한잔을 들며 그 절구통을 한참이나 바라보았다. 문득 〈상저가(相杵歌)〉[1]가 생각나고 가난했던 옛 시절이 떠올랐다.

　　듥긔둥[2] 방아나 찧어, 히얘.[3]
　　게궂은[4] 밥이나 지어, 히얘.

---

1) 맞방아 찧는 노래. 그러나 혼자 찧는 방아로 이해해도 무방하다.
2) 방아(절구) 찧는 소리의 의성어인 듯.
3) 미상이나 아마 절굿대로 한번 내려찧고 내쉬는 숨소리일 것이다. 다음에 나오는 〈히야해〉도 마찬가지일 것.
4) 궂은, 좋지 않은, 험한.

아버님 어머님께 받잡고, 히야해.
남거시든⁵⁾ 내 먹으리, 히야해, 히야해.
《시용향악보(時用鄕樂譜)》

옛날의 어느 가난한 집으로 한번 가 보자.
한 젊은 여인이 늙은 부모를 모시고 산다. 그 여인이 두 노인네의 딸인지 며느리인지는 묻지 말자. 끼니 때가 되었다. 겉곡식을 절구에 찧어 밥을 지어야 한다. 그러나 가난한 집이다. 벼는 처음부터 없고, 보리나 조, 수수 같은 것이, 그것도 아주 조금 있을 뿐이다. 여인은 그것으로 궂은 밥이나마 지어서 아버님 어머님께 드리리라 한다. 궂은 밥밖에 지어 드릴 수 없는 여인은 마음이 아팠을 것이다. 혹 남기시면 먹겠지만 제 밥은 생각지도 않는 여인의 모습이 안쓰럽게 떠오른다. 두 노인네는 밥을 남겼을 것이다. 밥을 남길 때 배불리 먹이지 못하는 두 노인네의 마음은 또 얼마나 아팠을까? 한 술이라도 더 남기려 하는 그 모습도 안쓰럽게 떠오른다.
이번에는 다른 집으로 가 보자.
역시 가난한 젊은 아내와 그 남편, 서넛인지 네댓인지 쪼무래기들이 올망졸망 딸려 있다. 남편은 보리 몇 단 베려고 들엘 가고, 아내는 지금 막 산나물 한 바구니를 뜯어 왔다. 묵은 양식은 다 떨어지고 보리는 아직 덜 익은 그 험한 보릿고개, 꼬마들은 끊임없이 배고프다고 칭얼댄다. 이제 곧 남편이 덜 익은 보리나마 몇 단 베어와 절구로 풋바심을 하면,

---

5) 남기시거든.

아내는 뜯어 온 산나물을 다듬어 넣고 보리죽을 끓일 것이다. 그러면 쪼무래기들은 마파람에 게 눈 감추듯 그릇을 비울 것이고, 그걸 바라보는 젊은 아내와 남편은 목이 메여 보리죽 한 숟가락도 넘기지 못할 것이다. 이런 집이 한둘이 아니었다. 얼마나 배가 고프고 마음들이 아팠을까?

이런 생각들에 잠겨 한두 잔 들다 보니 어느덧 얼큰했다. 가난이 자랑인 것은 아니다. 그러나 그 속에 담긴 바, 못 먹여서 가슴 아파하는 그 마음은 또한 아름답지 않은가? 지금은 쌀이 남아 돌아서 그런지 그게 아름다운 건지 어떤 건지도 모르는 세상이다.

송시 頌詩

뿌리 깊은 나무는
龍飛御天歌

그저께는 제주도 앞 바다에 물결이 치솟더니 어제 저녁에는 서울에 폭풍우가 몰아쳤다. 사나운 그 비바람은 새도록 끊이지 않았다. 오늘은 강의가 있는 날이어서 아침 일찍 학교엘 갔다. 키 큰 나무 몇 그루가 뿌리를 드러내 놓고 쓰러져 있었다. 심은 지 꽤 오래된 나무들인데 아직 뿌리를 깊이 박지 못한 모양이다.

나는 강의 시간에 학생들에게 창밖으로 그 쓰러진 나무들을 가리켜 보이고는 〈용비어천가(龍飛御天歌)〉[1] 한 장을 적어 주었다.

　　뿌리 깊은 나무는 바람에 아니 뮐새[2]
　　꽃 좋고 열음 하나니.[3]

---

1) 조선 건국이 천명(天命)임을 주요 주제로 한 송시(頌詩, 樂章). 모두 125장으로 되어 있다.
2) 바람에 아니 움직이므로. 흔들리지 아니 하므로.

> 샘이 깊은 물은 가물에 아니 그칠새
> 내이 일어 바랄에 가나니.
>
> 〈제2장〉

  내가 가르치는 학생들은 대부분이 운동 선수다.
  그들에게는 그들대로의 꿈이 있다. 그것은 세계적인 대회에 나가서 메달을 따는 것이다. 나무로 말하면 꽃 좋이 피우고 열매 많이 맺는 것, 물로 말하면 내를 이루어 바다에 가는 것, 그런 꿈이다. 그들은 이 꿈을 실현하기 위하여 끊임없이 체력을 단련한다. 쉼없이 경기력을 연마한다. 이것은 자신의 뿌리와 샘을 깊게 하기 위한 각고의 노력이다. 힘든 일이다. 그러나 국제 무대는 바람 세찬 곳이다. 가뭄 심한 곳이다. 어떤 상대를 만날지 모른다. 그러므로 아무리 힘들어도 이를 극복해야 한다. 그렇지 못하면 중도에서 탈락하거나 경기에서 패배한다. 그들이 태극기를 높이 올리며 메달을 목에 걸 때 내가 늘 감격하는 것은 이런 사실을 잘 알기 때문이다.
  자, 화제를 좀 바꾸어 보자.
  나는 심하게 지체가 부자유한 40대 여성이 화가가 된 것을 텔레비전에서 보았다. 그의 그림이 화면에 비친 것도 보았다. 나는 또 뇌를 앓는 한 청년이 시인이 되었다는 기사를 읽었다. 그의 시도 그 신문에서 읽었다. 그들은 천재일지 모른다. 그러나 천재성만으로 그리 되었을까? 아닐 것이다. 그들은 화가가 되고, 시인이 되겠다는 분명한 꿈이 있었을 것이

---

3) 꽃 아름답고 열매 많으니라.

다. 그 꿈을 실현하기 위한 각고의 연마가 있었을 것이다. 그리하여 마침내 자신의 뿌리를 깊이 박아 바람에 흔들림 없이 꽃 좋이 피우고 열매 많이 맺게 되었을 것이다. 자신의 샘을 깊이 파 가뭄에 마르지 않고 내를 이루어 바다에 가게 되었을 것이다. 여느 사람과 다른 그 신체적 장애를 생각하면, 그들의 그림 한 장, 시 한 줄은 다 감격 아닌 것이 없다.

  나무는 꽃과 열매를 꿈꾼다. 그러나 바람에 쓰러지면 다 허사다. 물은 바다를 꿈꾼다. 역시 가뭄에 마르면 다 허사다. 바람에 쓰러지지 않도록 네 뿌리를 깊이 박아라. 가뭄에 마르지 않도록 네 샘을 깊이 파라. 적어도 네게 꿈이 있고 그것을 실현하고 싶다면.

외외(巍巍) 석가불(釋迦佛)
月印千江之曲

"〈월인천강지곡(月印千江之曲)〉[1]의 그 월인천강은 무슨 뜻인가?"

하늘에 달 하나 떠 밝은 밤에 어느 강변을 소요한다고 생각해 보라. 그러면 그대는 그 강에도 달 하나 뜬 것을 그려볼 수 있을 것이다. 그러나 달은 그 강에만 뜨는 것은 아니다. 그대가 알지 못하는 수많은 강에도 다 같이 뜬다. 마치 하늘에 성인(聖人) 한 분 뜨면 수많은 중생(衆生)의 강에 그 덕(德)이 다 같이 미치는 것과 같은 것이다. 부처님의 무한한 공덕(功德), 월인천강이란 이런 뜻이 아니겠는가? 다음은 〈월인천강지곡〉의 서곡(序曲) 두 장 중 한 장, 뒤에 붙인 것은 내가 번역해 본 것이다.

---

1) 석가불을 찬양하는 노래. 조선 제4대 임금이 승하한 소헌왕후(昭憲王后)의 명복을 빌기 위하여 지은 송시(頌詩).

외외(巍巍) 석가불(釋迦佛) 무량무변(無量無邊) 공덕(功德)을 겁겁(劫劫)에 어느 다 사뢰리.

높고 높은 부처님 가이없는 공덕을
영원한 시간엔들 어찌 다 사뢰리.

《제1장(其一)》

그렇다면 영원한 시간을 다하여 사뢰어도 다 사뢸 수 없는 부처님의 그 가이없는 공덕이란 무엇을 말함인가? 나는 유감스럽게도 불교에 대한 공부가 없어 이 물음에 대해서는 무어라고 말할 수가 없다. 그러나 다음과 같은 몇 줄을 읽은 일이 있으므로 혹 여기서 그 대답을 찾을 수는 없을까 하는 생각이 든다.

세존(世尊)은 중생을 자식처럼 알아 삼계(三界)의 화택(火宅)에 들어 그 불에 타는 고통에서 그들을 구제한다. (중략) 이 구제하는 덕이 대비(大悲)이니 모든 자비(慈悲) 중에서 가장 크다.

원효(元曉), 《대승기신론(大乘起信論)》

요컨대 그것은 대비로써 삼계(중생이 사는 모든 세계)의 화택(불난 집, 번뇌 많은 세상)에 든 중생을 구제하는 공덕이다.

자, 화제를 좀 바꾸어 보자. 그렇다면 삼계의 화택에서 부처님의 대비로 구제받은 중생(사람)은 어떤 모습으로 나타날까? 역시 나로서는 말하기 어렵지만, 첫째는 모든 번뇌로부터 자유로워지고(해탈), 다음은 그런 바탕 위에서 다른 이들의 고통을 함께 아파하는(자비) 모습, 혹 이런 모습으로 나타나는 것은 아닐까?[2] 만일 번뇌로부터 자유로워지는 데서 끝난다면, 그래서 그 다음 역할이 없다면, 그것은 부처님의 대비로 구제받은 사람의 온전한 모습은 아닐 것이다.

  그런데 달은 저토록 환히 떠 있는데도 나는 단 하루를 번뇌로부터 자유롭지 못하니 무슨 까닭인가? 허욕(虛慾) 때문일 것이다. 내가 고통받는 이웃에게 손 한번 내밀지 못하는 것은 이기(利己)에 사로잡혔기 때문일 것이다. 아무리 많은 강에 달이 뜬다 한들 허욕과 이기의 쓰레기로 뒤덮인 강에 무슨 달이 뜨겠는가?

  "달은 아무 강에나 뜨는 것이 아니다."

---

2) 해탈과 자비를 겸할 때 그 신앙은 완성되는 것이 아닌가 한다.

사해(四海) 바다 깊이는
感君恩

"훌륭한 임금님 모시고 백성 노릇 한번 해 봤으면…"
어쩌다 이런 생각이 들 때가 있다. 왕조 시대도 아닌데 왜 이런 생각이 드는지는 나도 잘 모르겠다. 어떻든 이런 생각이 들 때 떠오르는 시가 하나 있다. 상진(尙震)[1]의 〈감군은(感君恩)〉.[2]

사해(四海) 바다 깊이는 닻줄로 자이리어니와
님의 은택(恩澤) 깊이는 어느 줄로 자이리이꼬.

향복무강(享福無疆)하사 만세(萬歲)를 누리소서.
향복무강하사 만세를 누리소서.

---

1) 조선 명종 때의 정승(1493~1564). 호는 송현(松峴). 인품이 관후인자(寬厚仁慈)하여 조야(朝野)의 신망이 두터웠다.
2) 임금의 은혜에 감사함(감동함). 모두 4장으로 되어 있는데 여기 보인 것은 그 제1장을 3연으로 저자가 재구성한 것.

일간명월(一竿明月)이
역군은(亦君恩)이샷다.

《악장가사》

  달이 밝다. 한 노인이 낚싯대 하나 드리우고 물 가에 혼자 앉아 있다. 먼지 한 점이 떨어져도 소리가 들릴 듯 고요한 밤이다. 노인은 지금 임금의 은혜를 생각하고 있다. 임금의 은혜는 사해 바다보다도 더 깊어 그 깊이를 잴 수가 없다. 밝은 달 아래 낚싯대 하나 드리우는 것도 임금의 은혜다. 그래 속으로 조용히 빈다.
  "끝없는 복에 만세를 누리소서."
  내가 여기서 이 시의 주인공(시적 자아)을 한 노인이라고 한 것은 전혀 내 상상이다. 나는 이 시를 읽을 때 이 노인이 곧 상진(지은이)이라고는 생각지 않는다. 그저 한 평범한 노인일 뿐이다. 나는 또 이 노인의 칭송을 받는 임금이 어느 임금이냐고 따지는 일도 없다. 그저 한 훌륭한 임금이면 그것으로 족하다.
  우리는 이런 시를 읽을 때 편견에 빠지기 쉽다. 임금에게 아부하는 것 아니냐는 그런 편견. 그러나 낚싯대나 드리우는 한 평범한 노인이 임금에게 아부해서 무얼 얻겠는가? 우리는 그런 것 다 훌훌 털어 내고 시만 읽자. 그러면 달 아래 낚싯대 하나 드리우고 앉아 임금을 생각하는 한 노인의 순수한 모습이 그림처럼 떠오른다. 아, 이런 평범한 노인의 칭송을 받는 임금은 또 얼마나 좋을까? 아부가 아닌 순수한 그 칭송을 받는 임금….

그런데 이렇게 쓰고 보니, 혹 이 사람이 우리 대통령을 염두에 두고 이 글을 쓰는 게 아니냐, 이렇게 생각할 분들도 있을 것 같다. 물론 어떻게 생각하든 그것은 그분들의 자유다. 어떻든 지금 우리 대통령은 여당의 칭송과 야당의 비난을 함께 받고 있다. 이것은 어제 오늘의 일이 아니다. 그런데 내 눈에는 그 칭송이나 비난이라는 것이 그렇게 순수하게만 보이질 않는다. 그래 나는 지금 우리 대통령이 저 달 아래 낚싯대 드리운 노인처럼 그저 평범하고 순수한 사람들의 칭송을 좀 많이 받았으면 한다. 그러면 여당의 칭송이 없어도, 야당의 비난이 아무리 세차도 무엇이 두려우랴.

시조時調

일 심어 느즛 피니

어느덧 가을이 깊다. 바야흐로 국화의 계절이다. 우리 집 뜰에 국화가 한창이다. 나는 이 국화를 보면서 도연명(陶淵明)[1]을 생각할 때가 있다. 그는 일찍이 그의 〈음주시(飮酒時)〉에서

동쪽 울밑의 국화 따 들고 유연히 남산을 보노매라.
采菊東籬下, 悠然見南山.

라고 읊은 바 있다. 우리 고전문학에서도 그의 이런 자취가 자주 드러난다. 생각건대 도연명은 국화를 퍽도 좋아했던 모양이다. 옛날 주돈이(周敦頤)도 그의 〈애련설(愛蓮說)〉에서
"도연명이 홀로 국화를 사랑했고 운운"
한 바 있다.

---

1) 중국 진(晉)나라의 시인(365~427).

그렇다면 도연명은 왜 국화를 사랑했을까? 과문한 탓으로 나는 아직 듣지 못했다. 자, 우선 시조 한 수 읽고 이야기를 계속하자.

일 심어 느즛 피니
군자(君子)의 덕(德)이로다.

풍상(風霜)에 아니 지니
열사(烈士)의 절(節)이로다.

지금(至今)에 도연명(陶淵明) 없으니
알 이 적어 하노라.

《가곡원류(歌曲源流)》

내가 우선 성여완(成汝完)[2]의 이 시조 한 수 읽어 보자고 한 것은, 이 시조를 통하여 도연명이 국화를 사랑한 이유를 짐작해 볼 수 있지 않을까 해서다. 이 시조는 분명히 이렇게 말한다.
"그것은 국화가 군자의 덕과 열사의 절을 갖추었기 때문이다."
그렇다면 군자의 덕이란 무엇을 말함인가? 이 시조에 따르면 그것은 일찍 심어 늦게 핀다는 사실이다. 국화는 가을

---

2) 고려 말기의 문신(1309~1397). 호는 이헌(怡軒). 고려의 국운이 기울자 포천(抱川)에 은거했다. 조선 개국 후 조정에서 불렀으나 나가지 않았다.

에 피니 봄꽃에 비하면 여간 늦게 피는 꽃이 아니다. 여기서 늦게 핀다는 것은 인격을 수양하고 학문을 연마하는 그 기간이 길다는 뜻이다. 아무 닦은 것도 없이 아무 쌓은 것도 없이 우선 피고 보는 경박한 꽃들은 이해할 수 없는 경지다. 군자는 소인(小人)과 다르다.

다음, 열사의 절이란 무엇을 말함인가? 이 시조는 그것을 풍상에 지지 않는 모습이라고 한다. 국화는 찬 바람·찬 서리 속에 핀다. 봄꽃이라면 견딜 수 없는, 그리하여 우수수 다 지고 말 모진 상황이다. 아니, 봄꽃은 그런 상황이 있다는 사실조차 모를 것이다. 그러나 국화는 이 모진 상황 속에 피어 지지 않는다. 열사는 용부(庸夫)와 다르다.

그런데 지금은 도연명이 없다. 군자의 덕과 열사의 절을 숭상하던 그 정신이 무엇에 밀려났는가? 아, 저 들려오는 비웃음 소리들.

"군자의 덕이 돈 만들어 주나?"
"열사의 절이 벼슬 높여 주나?"

백설(白雪)이 잦아진 골에

　뉘엿뉘엿 해 지는 서산 머리에 검은 구름 험하게 피어 오르는 걸 보면 문득 이색(李穡)[1]의 옛시조가 떠오르곤 한다. 이 시조 속에, 지는 해와 험한 구름이 등장하기 때문에 그럴 것이다. 나는 오늘 이 시조를 다시 읽으면서 지은이를 생각하고 자신을 돌아보았다.

　　백설(白雪)이 잦아진 골에
　　구름이 머흘어라.[2]

　　반가운 매화(梅花)는
　　어느 곳에 피었는고.

---

1) 고려 공민왕 때의 문신, 학자(1328~1396). 호는 목은(牧隱). 조선 왕조에 벼슬하지 않았다. 시에 뛰어나고 성리학 발전에 공헌이 컸다. 저서로《목은시고(牧隱詩藁)》등.
2) 구름이 험하구나. 구름이 험하게 피어 오르는구나.

석양(夕陽)에 하올로 서서
갈 곳 몰라 하노라.

《청구영언(靑丘永言)》

기우는 나라의 선비 하나.
그가 섬기던 백설 같은 나라(고려)는 다 잦아들고 구름 같은 새로운 세력(조선)이 힘하게 피어 오른다. 둘러보고 또 둘러보아도 반가운 매화는 보이질 않는다. 지조(志操) 있는 선비의 화신(化身)인 그 매화, 죽임을 당했는가, 어디 숨었는가? 어느덧 기우는 나라의 국운(國運)처럼 석양이 진다. 막막한 심경으로 석양에 홀로 선 선비의 고뇌에 찬 모습이 눈앞에 외롭다. 나는 일찍이 이 외로운 선비의 모습을 그리며 다음과 같이 쓴 일이 있다.

이제 그가 갈 곳은 어디인가? 그는 모른다고 했다. 그러나 그는 알 것이다. 매화 피어 있는 자신의 정신 세계, 그는 거기 가서 머무를 것이다. 구름이 아무리 피어 올라도 매화 피어 있는 그의 그 세계는 침범되지 않을 것이다.

졸저,《고전시를 읽는 즐거움》

힘하게 피어 오르는 구름으로부터 매화 피어 있는 자신의 정신 세계를 지킨다는 것은 고귀한 일이다. 그러나 무척 힘든 일이다. 구름은 뿌리치기 어려운 유혹으로 다가올 수도 있다. 거역하기 어려운 폭력으로 다가올 수도 있다. 그것을 뿌리치거나 거역한다는 것은, 범인(凡人)은 물론, 지조 있는 선비도 쉬운 일이 아니다.

  나는 새 왕조에 필요한 인재가 못 되어 구름의 유혹을 받아 본 일이 없다. 구름의 폭력에 시달린 일도 없다. 그러나 만일 새 왕조가 나를 점찍어 유혹을 했다면 나는 어찌했을까? 눈을 딱 부릅뜨고 나를 노려보았다면 그 때 나는 어찌했을까? 이런 걸 생각하면 좀 우울해진다. 대답이 너무 자명(自明)하니까.

  나는 평생을 한 이름 없는 교사로 살아 왔다. 그랬으므로 가난은 했지만 마음은 편했다. 그러나 내 정신 세계에 매화 한 송이 피우지 못한 것을 생각하면 이런 옛시 앞에 자신이 너무 초라하다.

이몸이 죽어 죽어
丹心歌

옛날 이야기 한 토막.

고려말 어느 날의 일이다. 후에 조선 제3대 임금이 된 이방원(李芳遠)[1]이 정몽주(鄭夢周)[2]를 초대하고 넌지시 시조 한 수를 읊었다. 우리가 잘 아는 이른바 〈하여가(何如歌)〉다.

이런들 어떠하며 저런들 어떠하리.
만수산(萬壽山) 드렁칡이 얽어진들 그 어떠하리.
우리도 이같이 얽어져 백년까지 누리리라.
《청구영언》

물론 조선 개국의 주역인 이방원이 정몽주의 뜻을 묻는 노래다. 그러나 정몽주의 뜻은 단호했다. 역시 우리가 잘 아는

---

1) 조선 제3대 임금인 태종(1367~1422).
2) 고려 공민왕 때의 문신, 학자(1337~1392). 호는 포은(圃隱). 성리학의 대가로 시문과 서화에 뛰어났다. 저서로《포은집(圃隱集)》.

〈단심가(丹心歌)〉. 결코 동조할 수 없다는 노래다.

> 이 몸이 죽어 죽어 일백 번 고쳐 죽어,
> 백골(白骨)이 진토(塵土) 되어 넋이야 있고 없고,
> 님 향한 일편단심(一片丹心)이야 가실 줄이 있으랴.
>
> 《청구영언》

그 얼마 뒤 어느 날, 성몽주는 선죽교(善竹橋)에서 이방원의 문객(門客)인 조영규(趙英珪)에게 죽임을 당했다. 선죽교 그 돌다리에는 지금도 충신의 피가 붉게 배어 있다고 한다.

아, 그 때 나라면 어찌했을까? 어차피 고려는 기운다. 그러므로 새 세력에 동조하면 대대손손 영화를 누릴 수 있다. 동조는 못 할지언정 묵인만 하더라도 목숨 하나는 구한다. 얼마쯤 시간이 흘러 새 왕조가 자리를 잡으면 적당한 시기에 눈치를 보아 다시 벼슬길에 나아갈 수도 있다. 그러나 충신은 흰뼈가 흙먼지가 되어 넋이야 있든 없든 추호도 그런 생각은 하지 않았다. 어떤 기록에 따르면 정몽주는 그날 이미 죽음을 예감하고 있었던 듯하다.[3] 그런데도 어떻게 살 생각을 하지 않았을까?

한 왕조가 힘이 쇠하여 더 지탱할 수 없으면 새 왕조가 들어서는 것이 역사의 한 순리일 수도 있을 것이다. 새 왕조에 참여하여 자기의 포부를 펼친다면 그것도 꼭 나쁘게만 생각할 것은 아닐 듯하다. 그런데 정몽주는 왜 그렇게 죽었을까?

---

3) 심광세(沈光世), 《해동악부(海東樂府)》.

님 향한 일편단심, 자기가 충성을 바쳐 섬긴 왕조와 운명을 같이 하리라는 생각 때문이었을 것이다. 고려의 신하들로서 고려를 뒤엎으려는 새 세력을 불의한 집단으로 보아서 그랬는지도 모른다.

  그러나 이런 것 따져서 무얼 하랴? 한 가지 분명한 것은 정몽주가 자신의 신념을 지키기 위하여 모든 것을 포기하고 초개처럼 목숨을 버렸다는 사실이다. 이렇다 할 신념도 없이 바람 부는 대로 물결 치는 대로 그럭저럭 살아 가는 나를 생각하면, 이 위대한 교과서 앞에 부끄러운 붓끝이 무겁기만 하다.

구름이 무심(無心)탄 말이

　겨울은 햇볕이 그리운 계절이다. 우리 집 마루에는 볕이 잘 든다. 내가 산골에서 자라던 어린 시절, 우리 마을 뒷산에 햇볕 따뜻한 작은 언덕이 하나 있었다. 나는 거지들이 그 언덕에 둘러앉아 이 잡는 것을 많이 보았다. 그 때 햇볕은 그들에게 얼마나 은혜로운 것이었을까? 흔히 말하는 임금의 은혜가 그런 것이었을까?
　그런데 오늘은 구름이 하늘을 다 덮어 볕 잘 드는 우리 집 마루도 을씨년스럽기만 하다. 나는 읽던 책을 덮고 옛날 이존오(李存吾)[1]의 시조 한 수 외며 먹다 남은 소주 한잔을 들었다.

　　구름이 무심(無心)탄 말이

---

1) 고려 공민왕 때의 문신(1341~1371). 호는 석탄(石灘). 신돈(辛旽)을 탄핵하다가 곤경에 처하기도 했다. 저서로 《석탄집(石灘集)》.

아마도 허랑(虛浪)하다.

중천(中天)에 떠 있어[2]
임의(任意)로 다니면서

구태여 광명(光明)한 날빛을
따라가며 덮느니.

《청구영언》

  사람들은 구름을 보고 흔히 무심하다고 말하지만, 지은이는 그것을 믿을 수 없는 소리라고 한다. 구름이 만일 무심하다면 중천에 높이 떠 제 마음대로 다니면서 광명한 날빛(日光)을 따라가며 덮겠느냐 하는 것이 지은이의 주장이다.

  일설에 따르면, 이 시조는 지은이가 신돈(辛旽)을 풍자한 것이라고 한다. 신돈은 고려 공민왕 때의 승려로 왕의 신임을 크게 받아 정사(政事)를 좌지우지한 인물이다. 그는 토지 제도를 개혁하고 농민의 권익을 옹호하는 등 업적도 쌓았으나, 권력을 남용하여 인망(人望)을 잃고 마침내 반역을 꾀하다 죽임을 당했다. 공민왕도 한때는 국위(國威)를 떨친 임금이다. 그러나 왕비(노국공주)가 죽자 모든 것을 신돈에게 맡기니, 어느덧 자신은 가려지고 정사와 풍속은 날로 문란해졌다. 그러니까 이 시조의 '구름'은 전성기의 신돈, '날빛'은 말기의 공민왕인 셈이다.

---

2) 임금에게 가까이 있는 위치라는 뜻을 함축.

못된 신하가 임금을 가린 예는 조선 시대에도 많았다. 예종(睿宗)이 유자광(柳子光)에게 가려 남이(南怡)를 죽인 것이나 중종(中宗)이 남곤(南袞), 심정(沈貞) 등에게 가려 조광조(趙光祖)를 죽인 것은 그 한두 예에 불과하다.

이런 역사를 읽을 때 내가 더 안타깝게 생각하는 것은 그 못된 신하보다는 오히려 밝다는 그 임금 쪽이다. 임금은 절대 권력자다. 그 임금이 정말 밝은 임금이라면 그 권력으로써 현명한 바람을 일으켜 그 간악한 구름을 흩어지게 할 수도 있을 것이다. 물론 그런 임금도 많았다. 그러나 그렇지 못한 임금도 많았다.

구름이 햇볕을 가려 찬 바람이 일면, 내가 자라던 옛마을의 그 거지들은 어딜 가서 이를 잡을까?

한송정(寒松亭) 달 밝은 밤에

어제 저녁 친구 몇 사람이 삼겹살 구워 가며 소주 한잔씩 들을 했다. 그런데 그 중에 요 며칠 전 강릉 경포대(鏡浦臺)엘 다녀온 친구가 하나 있었다. 해서 화제가 자연히 경포대로 옮겼다. 다음은 그 자리에서 나온 말들.

"경포대는 달이 다섯 군데 뜬대. 하늘에 뜨고 바다에 뜨고 호수에 뜨고 마주앉은 님의 눈에 뜨고 님이 따라 준 술잔에 뜨고."

"마주앉은 님의 눈이라, 거 참 로맨틱하네그려."

"경포대라면 나도 이야기 하나 있네. 어느 도덕 높으신 선생님이 그걸 좋아하셔서 마나님의 배 위엘 자주 올라타셨거든. 그래가지고선 슬슬 노를 저으시면서, 이 배야 어디로 갈꼬, 이러신단 말이야. 그러면 마나님은 코먹은 소리로, 강릉 경포대로 가요, 허허."

"거, 사공하고 배하고 척척 잘도 맞는군. 멋진 에로티시즘 (eroticism)이야."

나는 문득 홍장(紅粧)¹⁾의 시조가 생각났다. 그러나 분위기가 그렇지 않아서 말하지 않았다. 우리는 꽤 취해서 일어섰다. 전철을 내려서 집으로 돌아오는 골목길, 나는 혼자 그녀의 시조를 읊었다.

한송정(寒松亭)²⁾ 달 밝은 밤에
경포대에 물결 잔 제,

유신(有信)한 백구(白鷗)는
오락가락 하건마는

어떻다 우리 왕손(王孫)은
가고 아니 오느니.

《해동가요(海東歌謠)》

지금 한송정에 달이 밝다. 경포대엔 물결도 일지 않는다. 먼지 하나가 떨어져도 소리가 날 듯 삼라만상이 그저 조용하기만하다. 다만 흰 갈매기 한 마리가 오락가락할 뿐이다. 무슨 생각이 있어서 저 갈매기는 잠 못 들고 저리 오락가락하는 걸까? 내 마음처럼 갈피를 못 잡아서 헤매는 걸까? 망해가는 나라(고려)의 왕손을 그리는 내 마음처럼.³⁾

옛날의 기녀(妓女)는 상당한 교양을 갖추고, 상류 사회에

---

1) 고려말의 강릉 기녀.
2) 강릉 경포대에 있는 정자.
3) 이것은 저자의 한 상상.

서 노닐었다. 그러나 상류 사회의 양반들 눈으로 보면 하찮은 인생이다. 그런 하찮은 인생도 자기가 섬기던 나라가 기울 때는 양반 못지않게 슬펐던 것이다. 그 마음 아름답지 않은가?

　어느덧 집이 가까워 오고 있었다. 문득 경포대에 한번 가 보았으면 하는 생각이 들었다. 내가 결혼 15주년을 맞던 그 해, 나는 아내와 함께 설악산(雪嶽山) 다녀오는 길에 잠깐 경포대에 들른 일이 있다. 그러나 그 때는 달도 못 보고 술도 못 먹고 모래 사장만 몇 걸음 거닐다 돌아왔다. 로맨틱한 달이 뜨는 곳, 멋진 에로티시즘이 흐르는 곳, 아름다운 마음이 시가 되어 전하는 곳, 그곳에 한번 가 보았으면 싶다. 그러나 번잡한 세사(世事)에 매인 몸이 언제 한번 훌훌 벗어던지고 거길 가 볼까?

대추 볼 붉은 골에

"내 시조 한 수 읊을까?"

내가 아내에게 말했다. 어제 시장에서의 일이다. 추석도 며칠 안 남아서 장보러 간 길이었다. 잘 익은 대추와 알 굵은 밤이 소담스럽게 쌓여 있었다. 나는 아내의 대답도 기다리지 않고 시조 한 수 읊었다. 유명한 황희(黃喜)[1]의 시조다.

대추 볼 붉은 골에
밤은 어이 듯들으며,

벼 벤 그루에
게는 어이 내리는고.

---

1) 고려말 조선초의 문신(1363~1452). 세종 때의 명상(名相). 호는 방촌(厖村). 인품이 원만하고 생활이 청렴했다. 저서로 《방촌집(厖村集)》.

술 익자 체 장수 돌아가니[2]
아니 먹고 어이하리.

《해동가요》

아내가 웃음을 띠며 말했다.
"나도 고등학교 때 배운 건데, 황희 정승의 시조 아냐?"
아내는 참 오랜만에 아는 시조 한 수 들어 보는 게 퍽도 즐거운 모양이었다. 우리는 장보기에 바빠서 그 이상은 말하지 않았다. 나는 집에 돌아와 전에 내가 이 시조를 읽고 쓴 독후감을 찾아보았다. 길지 않으므로 다음에 옮겨 본다.

가을이 깊었다.
우선 선비가 사는 마을의 어느 골짜기로 가 보자. 하늘이 그지없이 푸르다. 그 푸른 하늘 아래 붉게 익은 대추가 소담스럽다. 절로 벌어진 밤송이에선 알밤이 뚝뚝 듣는다. 풍요로운 모습이다.
다음은 선비가 사는 마을 들로 내려와 보자. 가을볕이 그지없이 밝다. 이 논도 저 논도 다 추수가 끝났다. 추수가 끝난 논의 그 벼 벤 그루터기에 게가 엉금엉금 내려온다. 평화로운 모습이다.
이제는 선비네 집으로 갈 차례다. 여전히 푸른 하늘 밝은 볕 속에 술 익는 냄새가 향긋하다. 체도 하나 사 놓았다. 게란 놈도 몇 마리 남아 있다. 선비는 곧 술을 걸을 것

---

2) 술이 익어 체를 하나 샀다는 뜻. 체는 술 거르는 데 쓴다.

이다. 그리고 한잔 할 것이다. 세상사 다 잊고 한잔 할 것이다.

   자족하는 모습이다.

   풍요, 평화, 자족, 선비의 가을이 깊었다.

졸저, 《고전시를 읽는 즐거움》

   나는 이 독후감을 읽으면서 지금 내가 살고 있는 가을 인생을 잠시 생각했다. 대추·밤 한 알 번듯하게 열린 게 없는 내 가을에 무슨 풍요가 있겠는가? 남들은 다 추수가 끝났는데 나는 이제 겨우 낫을 갈고 있다. 초조한 마음뿐이다. 거기 무슨 평화가 있겠는가? 자족이란 거둘 게 풍요롭고 마음이 평화로운 사람에게 주어지는 특권이다. 그러나 어쩌랴, 이것이 내 인생인 것을.

수양산(首陽山) 바라보며

중국의 옛날 이야기 하나.

백이(伯夷)와 숙제(叔齊)는 형제였다. 그들은 주무왕(周武王)의 잘못을 간하다가 무왕이 듣지 않으매

"의(義)롭지 못한 주나라의 곡식은 먹을 수 없다"

하고 수양산(首陽山)에 들어가 고사리로 연명하다 굶어 죽었다.

이 일로 하여 그들은 후세에 의인(義人)으로 추앙되었다. 그런데 성삼문(成三問)[1]은 그들이 수양산에 들어가 고사리로 연명한 것이 마음에 덜 찼던지 다음과 같은 시조를 남겼다.

수양산 바라보며
이제(夷齊)를 한(恨)하노라.

---

1) 조선 세종 때의 학자, 문신(1418~1456). 호는 매죽헌(梅竹軒). 사육신(死六臣)의 한 분. 저서로 《성근보집(成謹甫集)》.

주려 죽을진정
채미(採薇)도 하는 것가.

아무리 푸새엣 것인들
그 뉘 따에 났더니.

《청구영언》

고사리는 한낱 푸새엣 것, 별것 아닌 것이지만, 그래도 의롭지 못한 주나라 땅에 난 것이니 그것을 꺾어 먹고 연명한 것은 의롭지 못하다는 뜻이다. 차라리 굶어 죽었어야 했다는 것이다.

다음은 우리 역사의 한 장면.

어린 임금 단종(端宗)이 강요에 의하여 세조(世祖, 수양대군)에게 선위하고 상왕으로 물러나니 이듬해 성삼문 등이 단종의 복위를 꾀하다 적발되었다. 이에 세조가 노하여 성삼문에게 소리쳤다.

"너는 나에게 신(臣)이라 칭하지 않고 나를 나으리라 부른다. 내 녹(祿)을 먹고 배신하는 것이 앞뒤 맞는 짓인가?"

성삼문이 말했다.

"상왕이 계시는데 내가 어찌 나으리의 신하라 할 수 있소? 나는 나으리의 녹을 먹은 일이 없으니 믿기지 않으면 내 가산(家産)을 몰수하여 셈해 보시오."

세조가 펄펄 뛰며 불에 달군 쇠로 삼문의 다리를 지지라 하니

"나으리의 형벌이 참으로 혹독하구려"

하고 안색 하나 변하지 않았다.[2]

이런 성삼문이고 보니 백이와 숙제가 주나라의 고사리로 연명한 것이 마음에 찰 리 없다. 그러면 차라리 굶어 죽을지 언정 고사리를 꺾지는 않았을 것이다. 불에 달군 시뻘건 쇠로 몸을 지져도 안색 하나 변치 않는 그가 굶는 게 무에 그리 두렵겠는가?

내가 이 글을 쓰는 것은 이런 시를 읽고 이런 역사를 살피면서 무엇을 배우자는 뜻이 아니다. 동쪽에서 바람 불면 서쪽으로 흐르고, 서쪽에서 바람 불면 동쪽으로 흐르면서 무엇을 배우겠는가? 높은 정신 세계 앞에 잠시 부끄러움이나 알자는 뜻이다.

---

2) 권별(權鼈), 《해동잡록(海東雜錄)》.

천만 리 머나먼 길에

어느 날 양녕대군(讓寧大君)이 세조에게 말했다.

"옛 사람의 말에, 천균(千鈞, 아주 무거운)의 활로는 작은 쥐를 쏘지 않는다 하니, 원컨대 전하께서는 이 말을 잊지 마십시오."

서거정(徐居正)의 《필원잡기(筆苑雜記)》에서 읽은 이야기다. 서거정은 이 이야기 끝에, 양녕은 역시 보는 눈이 기이하다고 했다. 그렇다면 무엇을 보는 눈이 기이하다는 건가? 미래를 보는 눈이다. 양녕은 어린 단종(당시는 상왕)의 비극적인 앞날, 세조가 벌릴 그 피비린내 나는 앞날을 미리 본 것이다.

자, 역사의 현장으로 가 보자. 1455년, 조선 제6대 임금 어린 단종은 한명회(韓明澮) 등의 강요로 세조에게 선위하고 상왕으로 물러났다. 1456년, 성삼문 등이 단종의 복위를 꾀하자 세조는 그들을 주륙하고 단종을 노산군(魯山君)으로 강봉, 강원도 영월(寧越)에 유배시켰다. 1457년의 일이다. 그 때 이 비극의 어린 임금을 호송한 한 관원이 있었다. 왕방연(王邦衍)[1], 그가 돌아오는 길에 하도 마음이 아파 시조 한 수 읊었으니 다음과 같다.

　　천만 리 머나먼 길에 고운님 여의옵고,
　　내 마음 둘 데 없어 시냇가에 앉았으니,
　　저 물도 내 안 같아야 울어 밤길 예는다.[2]

《청구영언》

　천만 리 머나먼 영월 땅에 가엾은 어린 임금을 혼자 떼어 놓고 돌아서는 그의 발걸음이 얼마나 무거웠을까? 도무지 마음 둘 데가 없었다. 그래 시냇가에 앉았다. 마음처럼 밤도 어두웠다. 냇물이 끊임없이 울며 밤길을 가고 있었다. 그것은 소리 없이 우는 자신의 심경 그대로였다. 소리 없이 우는 그 울음이 마음 아프다.
　다시 1457년, 단종의 다른 숙부인 금성대군(錦城大君, 세종의 여섯째 아드님, 세조의 동생)이 단종의 복위를 꾀하다가 사사(賜死)되었다. 이로 인하여 단종은 서인(庶人)으로 내려지고 마침내 자살을 강요받아 한 많은 일생을 마쳤다. 그 때 양녕이 시 한 수 지으니 다음과 같다. 제목은 〈문영월흉보(聞寧越凶報, 단종이 승하했다는 영월의 흉한 소식을 듣고)〉. 너무 애

---

1) 조선 세조 때의 관원이나 기타는 미상. 교양이 높았던 듯.
2) 내 속(마음) 같아서 울며 밤길을 가는가? 자신도 울며 밤길을 가는 마음이라는 뜻.

절하다.

임금께선 어디로 돌아가셨나.
영월 땅에 떠도는
슬픈 구름 속.

빈 산 시월달 깊은 이 밤에
하늘을 우러러
통곡을 하네.

龍御歸何處, 愁雲起越中.
空山十月夜, 痛哭訴蒼穹.
《한국역대명시전서(韓國歷代名詩全書)》

 내가 이 글을 쓴 것은 남의 슬픔을 내 슬픔으로 마음 아파하는 그 착한 사람들의 심성이 너무 아름다워서다. 마음 둘데 없어 시냇가에 홀로 앉는 왕방연, 흉보를 듣고 하늘을 우러러 통곡하는 양녕, 비극의 역사 속에는 이런 아름다움도 있었다. 자, 이 글을 쓰는 나는 어떤 사람일까? 정말 그 아름다움을 알기나 하고 쓰는가?

있으렴, 부디 갈다

"임금은 신하를 어떻게 대해야 할까?"

옛날 이야기 하나. 유호인(兪好仁)[1]이 옥당(玉堂, 홍문관)에 있을 때 성종(成宗)[2]이 특히 사랑하여 다른 선비에 비할 바가 아니었다. 늘 달 밝은 밤이면 경회루(慶會樓) 연못에 배를 띄웠는데, 시종(侍從) 몇 사람이 겨우 앉을 만한 작은 배였으나, 성종은 꼭 유호인을 태워 따르게 했다. 이는 마치 당나라 현종(玄宗)이 이백(李白)을 대한 것과 같은 것이다.[3]

그런데 그런 유호인이 경관직(京官職, 서울에 있는 관직)을 버리고, 외관직(外官職, 지방에 있는 관직)으로 나가겠다 한다. 늙으신 어머니를 봉양하기 위한 것이라고 했다. 성종은 만류하다 못해 유호인이 떠나는 날 술 한잔 권하며 시조 한

---

1) 조선 성종 때의 문신, 시인(1445~1494). 호는 임계(林溪). 시문과 글씨에 뛰어났다. 저서로 《임계유고(林溪遺稿)》.
2) 조선 제9대 임금. 재위 기간 중 문운(文運)이 왕성했다.
3) 차천로(車天輅), 《오산설림(五山說林)》 참조.

수 지어서 부르게 하니 유호인과 주위 신하들이 다 감격하여 울었다. 시조는 이러하다.[4]

있으렴, 부디 갈다. 아니 가든 못할소냐.
무단히 싫더냐, 남의 말을 들었느냐.
그래도 하 애닯고야, 가는 뜻을 일러라.

《해동가요》

내 곁에 있으려므나. 꼭 가야 하겠니? 노모(老母)의 봉양이야 서울에선들 왜 못 하니? 무단히 내가 싫더냐? 누가 뭐라고 하던? 왜 떠나려는지 말해 보렴. 이것은 임금의 언어가 아니다. 참으로 따뜻한 인간의 언어다. 권력의 옷을 훌훌 다 벗어 버린, 인정만으로 된 언어다. 임금은 물론 신하를 다그칠 때도 있을 것이다. 그러나 이런 따뜻한 인정으로 대한다면 어느 신하가 감격하지 않겠는가?

성종은 유호인의 시재(詩才)를 아껴서 그 사랑이 날로 깊어 갔으나 그를 대관(大官, 큰 벼슬 · 정승 · 판서)의 자리에 앉히지는 않았다. 그 그릇이 그 자리를 감당하기는 어렵다고 생각한 까닭이다. 이로써 그 때 사람들이, 성종이 그 재능에 따라 사람 쓰는 것을 알고 깊이 감탄해 마지않았다.[5] 그 때 만일 성종이 유호인을 사랑한 나머지 감당할 수도 없는 대관 자리에 그를 앉혔다면 어느 어리석은 백성이 그걸 보고 감탄

---

4) 차천로, 위의 책.
5) 차천로, 앞의 책.

하겠는가?

 임금이 따뜻한 인정으로 신하를 대하기는 쉬운 일이 아닐 것이다. 자칫 잘못하면 임금의 권위가 경시될 수도 있기 때문이다. 더구나 신하들 중에 사려 없는 소인배가 있다면 그들은 권세를 농단하고 나라의 기반을 흔들어 놓을 것이다. 임금이 자기가 사랑하는 사람을 대관 자리에 안 앉히기도 힘든 일일 것이다. 임금도 사람이니 어떻게 사정(私情)에 끌리지 않겠는가? 더구나 내 고향 사람, 내 학교 후배, 나를 따르던 사람이고 보면 그 원망이 끝없을 것이다.

 나는 눈물어린 노래로 유호인을 보내는 성종의 그 따뜻한 인간미가 그지없이 좋다. 그러나 그보다 더 좋은 것은 그토록 유호인을 사랑하면서도 그를 대관 자리에 앉히지 않는 성종의 그 용인(用人)의 도(道)다. 참으로 치자(治者)답지 않은가?

추강(秋江)에 밤이 드니

　이런 일 저런 일 뜻대로 되지 않아 뒤척이는 밤이면, 옛날 이정(李婷)[1]이 보여 준 한 낚시꾼이 생각날 때가 있다. 그는 시인 낚시꾼이었다. 어느 가을 달 밝은 밤이었다. 시인 낚시꾼은 강에 배를 띄우고 낚시를 드리웠다. 그리고 천천히 한 수 읊었다.

　　추강(秋江)에 밤이 드니
　　물결이 차노매라.[2]

　　낚시 드리우니
　　고기 아니 무노매라.[3]

---

1) 조선 성종의 형인 월산대군(月山大君, 1454~1488). 호는 풍월정(風月亭). 시에 뛰어났다. 저서로《풍월정집(風月亭集)》.
2) 깨끗한 정경. 티 하나 없다.
3) 고요한 정경. 아무 움직임도 없다.

무심(無心)한 달빛만 싣고
빈 배 저어 오노매라.⁴⁾

《청구영언》

　자, 시 속으로 한번 들어가 보자.
　가을 강에 달이 환하다. 물결이 차다. 다소 오싹한 느낌이지만 그지없이 깨끗한 정경이다. 세파(世波)에 찌들려 때묻은 영혼도 이 강엘 가면 저절로 깨끗해질 것만 같다.
　낚시를 드리워 본다. 다들 자는지 고기 아니 문다. 조금은 섭섭하지만 더없이 고요한 정경이다. 세사(世事)에 얽매여 번잡한 영혼도 이 강엘 가면 저절로 고요해질 것만 같다.
　자, 이젠 돌아가자. 빈 배에 무심한 달빛만 가득하다. 어느새 텅빈 마음, 오싹한 느낌도 사라지고, 섭섭한 마음도 사라졌다. 빈 배에 무심한 달빛만 싣고 빈 마음으로 돌아가는 시인 낚싯꾼.
　이런 일 저런 일 뜻대로 되지 않아 뒤척이는 밤이면 이 시인 낚시꾼이 생각날 때가 있다. 그는 영혼의 모든 때를 씻어내고 한 삶을 깨끗하게 사는 사람일 것이다. 그는 모든 번잡을 훌훌 떨치고 한 삶을 고요하게 사는 사람일 것이다. 그는 아무 사심(邪心) 없는 빈 마음으로 한 삶을 살아 가는 사람일 것이다.
　나도 좀 이 시인 낚시꾼처럼 살 수는 없을까? 깨끗하고 고요한 영혼, 그리고 빈 마음으로 한 삶을 살고 싶다. 그것은

---

4) 빈 마음. 달빛만 실었다.

온갖 번뇌(煩惱)로부터의 해방이니 얼마나 자유로운 삶일까? 그러나 나는 오히려 뒤척이는 밤만 늘어간다. 왜 그럴까? 욕심(慾心) 때문이다. 배에 넘치도록 고기를 채우지 못해 안달이 난 나에게 무슨 시인 낚시꾼 같은 삶이 허락되겠는가? 이런 일 저런 일이 다 뜻대로 되면, 나는 또 뜻대로 될 수 없는 일까지 뜻대로 안 된다면 한밤을 뒤척일 것이다. 끝없이 뻗어 가는 이 욕심의 줄기.

 이런 내가 시인 낚시꾼 같은 삶을 바리는 것은 또 하나의 욕심이 아닐 수 없다. 그저 오늘은 시인 낚시꾼을 만났으니, 세상에는 욕심 없이 살아 가는 사람도 있다는 사실이나 알아 두는 데서 끝내야겠다.

삿갓에 도롱이 입고

　어제 고향을 다녀왔다. 친척댁에 혼사가 있었다. 갔던 길에 아버지 어머니 산소를 찾아 잔을 올렸다. 부슬부슬 비가 내렸다. 옷은 젖지만 더운 줄은 몰랐다. 푸른 산과 들이 한층 더 싱그러웠다. 거기서 밭 매는 사람, 논 매는 사람, 그들도 더위는 잊었을 것이다.

　돌아오는 차창에도 비가 뿌렸다. 지금은 비 자주 오는 계절, 옛날 김굉필(金宏弼)[1]이 김매던 산전(山田)에도 비가 내렸다. 부슬부슬 가랑비였다. 나는 차창 밖으로 푸른 산 푸른 들을 바라보며 잠시 그가 김매던 그 산전으로 가 보았다.

　삿갓에 도롱이 입고

---

1) 조선 성종 때의 학자(1454~1504). 호는 한훤당(寒暄堂). 성리학에 통달하고 그림에도 능했다. 저서로《한훤당집(寒暄堂集)》. 이 시조는 다른 사람의 작품이라고도 한다. 그러나 우리가 읽는 데야 무슨 상관이 있겠는가?

세우중(細雨中)에 호미 메고,

산전을 흩매다가
녹음(綠陰)에 누웠으니,

목동(牧童)이 우양(牛羊)을 몰아다가[2]
잠든 나를 깨우다.

《병와가곡집(甁窩歌曲集)》

　여름날의 어느 농촌, 가랑비가 내린다. 가랑비가 내리면 밭매기 좋다. 해가 구름에 가려 덥지 않고 흙이 비에 젖어 풀이 잘 뽑힌다. 지금 한 농부가 산전을 흩매고 있다. 삿갓에 도롱이를 입었다. 호미질이 재다. 시간이 흘렀다. 그 동안에 비가 그쳤다. 농부는 호미를 던져 두고 녹음 속에 들어가 나무 아래 눕는다. 좀 피곤한 모양이다. 설핏 잠이 들었다. 그러다 무슨 소리에 놀라 깼다. 목동들이 소와 양을 바쁘게 몰아 가고 있었다.
　티끌 하나 날지 않는 들, 한 폭의 싱그러운 그림이다. 이 싱그러운 그림 속에는 세우중에 산전을 흩매는 농부의 생활이 있다. 일을 하다 녹음에 누워 설핏 잠이 드는 여유가 있다. 자다가 소와 양 모는 소리에 잠을 깨는 낭만이 있다. 생활이 있고 여유와 낭만이 있는 한 농부의 하루가 그지없이 행복하다.

---

2) 소와 양을 몰아다가 그 짐승들의 소리로.

그런데 이렇게 생각하다 보니 갑자기 머리가 무거워졌다. 이 농부의 하루가 정말 행복할까? 시조 속의 그의 하루는 정말 행복해 보인다. 그러나 현실 속의 그는 꼭 그렇지만은 않을 것이다. 앞으로 또 무슨 물난리를 겪을지 모른다. 밭둑이 무너지고 벼논이 모래로 덮이면 헛농사다. 풍년이 들면 풍년이 드는 대로 또 걱정이다. 재고미(在庫米)로 골치를 앓는 정부가 얼마나 수매(收買)를 할까? 이래 저래 걱정이다. 그 동안에 빌려 쓴 돈은 어떻게 갚으며 자식놈 등록금은 또 어떻게 댈까? 앉으나 서나 걱정뿐이다.
 차창에 뿌리는 비가 점점 세차졌다. 벌써 장마가 시작되려나 싶었다. 올해는 물난리가 없기를, 수매가 어찌 되든 풍년이 들기를, 나는 혼사댁에서 싸 준 동동주 한잔을 따라 마시며 이렇게 빌었다.

늙었다 물러가자
致仕歌

대학 교수의 정년(停年)은 현재 65세다. 나는 그 동안 정년은 다른 교수나 맞는 것인 줄 알았다. 그런데 나도 별수없이 정년을 맞았다. 정년을 한 달쯤 앞둔 어느 날, 나는 연구실을 치우면서
 "미련 없이 물러가자. 깨끗이 떠나자"
하고 혼자 다짐을 했다. 그 때 속으로 읊은 시조가 한 수 있다. 송순(宋純)[1]의 〈치사가(致仕歌)〉, 곧 늙어서 물러나는 노래다.

　　늙었다 물러가자
　　마음과 의논하니,

　　"이 님 버리고 어디로 가잔 말꼬."[2]

---

1) 조선 명종 때의 문신, 시인(1493~1583). 호는 면앙정(俛仰亭). 시조 문학에 뛰어났다. 저서로 《면앙정집(俛仰亭集)》 등.

"마음아, 너란 있거라. 몸만 먼저 가리라."

《해동가요》

치사(致仕)라는 말은 본래 나이가 많아서 관직을 내놓고 물러간다는 뜻이다. 그러니까 이 시조를 읽을 때는 조정의 한 늙은 관리를 상상해 보는 것이 자연스럽다. 어느덧 세월이 흘러 백발이 성성하다. 물러날 때다. 그래 마음을 보고 말했다.
"이제 우리 다 늙었어. 그만 물러가자꾸나."
마음이 조용히 물었다.
"이 님을 버리고 어디로 가잔 말이니?"
떠나지 않겠다는 뜻이다. 그래 마음을 보고 다시 말했다.
"그럼 너는 그냥 여기 있거라. 몸만 먼저 데리고 가마."
이 시조는 나(지은이)와 내 마음과의 대화로 이루어졌다. 그 수사법이 재미있다. 이런 수사법으로 나타낸 이 시조의 주제는, 몸은 비록 늙어서 떠나지만 마음은 임금 곁에 남아 있겠다는 것이다. 임금을 생각하는 늙은 신하의 충성스러운 모습이다.
어느 시인은 말하기를, 떠날 때를 알고 떠나는 모습은 아름답다고 했다. 그렇다. 아름답다. 그러나 몸과 마음이 다 떠나는 것이 아니고, 마음은 그대로 두고 몸만 떠나는 모습은 더 아름답다.

---

2) 이 님을 버리고 어디로 가자는 말인가? 이 시조에서 이 님은 물론 임금이지만 꼭 그렇게만 읽을 것은 없다.

이제는 내 이야기 좀 하자. 나는 떠날 때를 알았기 때문에 미련 없이 물러가자, 깨끗이 떠나자 다짐을 한 것이다. 그러나 이것은 헛다짐이었다. 나는 지금 또 명예 교수라는 이름으로 학교에 남아 강의실을 들락거리고 있다. 명예 교수라는 제도가 있고 명예 교수는 또 일정 기간 몇 시간의 강의를 해야 하는 의무가 있으니 이것이 꼭 남의 손가락질 받을 일은 물론 아닐 것이다. 그러나 어렵게 학위를 받고서도 대학 강단에 서지 못하는 많은 후배들을 생각하면, 이렇다 할 학문도 없이 미적거리고 있는 내가 적잖이 염치없게 느껴진다.

  내가 처음 다짐한 대로 그렇게 떠났더라면 어느 시인의 말이 아니어도 내 모습은 아름다웠을 것이다. 떠나되 학교를 사랑하는 마음을 가슴에 품고 산다면 교수로서 더 아름다운 모습일 것이다. 그러나 이런 사실을 안다는 것에 무슨 의미가 있겠는가?

동짓달 기나 긴 밤을

피천득(皮千得) 선생이 말씀하셨다.

"셰익스피어의 소네트 154수 중에도 이에 따를 만한 것은 하나도 없다. 아마 어느 문학에도 없을 것이다.(〈순례〉)"

이는 황진이(黃眞伊)[1]의 다음 시조를 두고 하신 말씀이다.

동짓달 기나 긴 밤을
한허리를 베어 내어,

춘풍(春風) 이불[2] 아래
서리서리 넣었다가

어른님 오신 날 밤이어든

---

1) 조선 중종 때의 기녀, 시인. 명월(明月)이라고 별칭되기도 했는데 이는 기명인 듯. 시서(詩書)와 음률(音律)에 뛰어나고 한시(漢詩)도 잘했다.
2) 봄바람 불 때 (밤이 짧은 때)의 이불

구비구비 펴리라.

《청구영언》

　자, 생각해 보자.
　봄은 언 땅이 녹는 계절이다. 마른 나무에 물이 오르는 계절이다. 특히 서른여섯 살의 몸맵시 날렵한 여인(피천득, 〈수필〉)에게 있어서는 불같이 님이 그리운 열정의 계절이다. 그러나 유감스럽게도 밤이 짧다. 불 같은 그 열정을 다 태울 수가 없다.
　여인은 동짓달의 그 긴 밤을 생각했다. 그 긴 밤을 반을 잘라다가 봄밤의 이불 속에 서리서리 넣어 두자. 그렇게 넣어 두었다가 한밤에 펼치면 짧은 봄밤도 충분히 길어질 것이다. 그러면 어른님 오신 날 밤에 구비구비 원 없이 불탈 수 있을 것이다.
　이제 좀 다른 각도에서 이 시조를 읽어 보자.
　이 시조의 '한허리'는 본래 무슨 길이의 한 중간이라는 뜻이다. 그러니까 여기서의 이 말은 동짓달 기나 긴 밤의 한가운데를 가리킨다. 그러나 이 말이 정말 이런 뜻만일까? 몸맵시 날렵한 젊은 여인의 희고 미끈한 허리를 연상시키기에 족하다.
　'춘풍 이불 아래 / 서리서리' 넣는 것도 기나 긴 밤의 한허리만은 아니다. '어른님'은 사랑하는 님, 좀더 노골적으로 말하면 섹스를 나눈 님이다. '어른'은 교합(交合)이라는 뜻이다. 그렇다면 그 어른님이 오신 한밤에 여인이 구비구비

펴 드리는 것은 무얼까?

　탁월한 상상력, 아름다운 에로티시즘(eroticism).

　나는 이 시조에 대한 피천득 선생의 칭찬이 결코 과장이 아닐 것으로 믿는다. 셰익스피어의 소네트 154수가 어떻게 생겼는지 모르지만, 선생은 대학에서 영시(英詩)를 강의하신 분이요, 함부로 칭찬하는 분이 아니라는 것을 잘 알기 때문이다.

　나는 지금까지 시인이 되겠다는 생각은 단 한 번도 해 본 일이 없다. 그것은 시인이 싫어서가 아니라 나에게 그런 재능이 없다는 것을 잘 알기 때문이다. 그러나 시를 사랑하는 마음은 언제나 나에게 있었고 지금도 있다. 그리고 나는 황진이 같은 매력 있는 시인을 알게 된 것이 늘 행복하다.

연하(煙霞)로 집을 삼고
陶山十二曲

옛날 이황(李滉)[1]이 제자들에게 말했다.

"의관(衣冠)을 바르게 하여라. 눈빛은 공경(恭敬)하는 뜻이 담기게 하여라. 마음을 가라앉혀라. 앉아 있을 때는 상제(上帝)를 대하듯 하여라. 발은 무겁게 옮기고 손은 공손히 움직여라. 땅을 밟을 때는 가려 밟되 개미집도 피하여 돌아가라."[2]

참 소상하고도 엄격한 가르침이다. 개미집도 밟지 말고 돌아가라 한다. 이 가르침대로 행한다면 다 현인군자(賢人君子)가 되고도 남을 것이다. 그런데 이런 가르침을 베풀었던 그에게도 무슨 허물이 있었던가, 그의 〈도산십이곡(陶山十二曲)〉[3]에 다음과 같은 시조가 한 수 들어 있다. 그 12곡 중 제2곡.

---

1) 조선 명종 때의 문신, 학자(1501~1570). 호는 퇴계(退溪). 학자로서 임금의 지극한 존경을 받았다. 저서로《퇴계전서(退溪全書)》.
2) 지은이의 〈경재잠(敬齋箴)〉의 첫 부분.

연하(煙霞)로 집을 삼고
풍월(風月)로 벗을 삼아,

태평성대(太平聖代)에
병으로 늙어 가네.

이 중에 바라는 일은
허물이나 없고저.

《청구영언》

　자, 지은이(시적 자아)의 모습을 한번 그려 보자.
　그는 연하로 집을 삼고 산다. 연하는 안개와 노을, 즉 고요한 산수다. 그는 또 풍월로 벗을 삼고 산다. 풍월은 바람과 달, 즉 아름다운 자연이다. 그런데 풍월에는 시라는 뜻도 있다. 그러니까 지은이는 지금 고요하고 아름다운 자연 속에 묻혀 시를 벗삼아 살고 있는 것이다. 부귀니 영화니 하는 그런 세속적인 것은 추호도 생각지 않는다.
　이런 그가 사는 시대는 태평성대다. 어진 임금이 나라를 잘 다스려 아무 근심 없는 좋은 세상이다. 그런데 병으로 늙어 간다. 그러나 병으로 늙어 가는 것이야 어쩌겠는가? 나라 걱정도 할 것 없으니 그저 산수를 거닐며 흥 이는 대로 풍월이나 읊는다. 아무 욕심도 없는 평안한 모습이다.

---

3) 도산(陶山)은 퇴계가 만년에 독서하던 안동시 도산면의 도산서당(陶山書堂).

이런 그에게 무슨 허물이 있을 수 있겠는가? 허물을 짓고자 해도 지을 데가 없는 삶이다. 그런데도 그는
"이 중에 바라는 일은 / 허물이나 없고저"
한다. 얼마나 자신을 엄격하게 다스리는 모습인가? 개미집도 밟지 말고 돌아가라는 그 한 마디도 그냥 입에서 나온 말이 아니다.

그럼 이 글을 쓰는 내 모습은 어떨까? 알고 짓는 허물 모르고 짓는 허물, 허물 투성이다. 욕심 때문에 그럴 것이다. 이것이 허물이었구나 하고 깨달을 때에도 그 때 잠시 후회에 잠길 뿐, 같은 허물을 다시 또 짓는다. 그러면서도 부끄러운 줄을 모른다.

삼동(三冬)에 베옷 입고

　조식(曺植)[1]은 성리학(性理學)에 통달하고 인품이 탁월했다. 그러나 벼슬은 하지 않았다. 중종(中宗)이 참봉(參奉)에 임명했을 때도 나아가지 않았고, 명종(明宗)이 현감(縣監)에 임명했을 때도 나아가지 않았다. 그 후 명종이 여러 번 불렀으나 나아가지 않고 두류산(頭流山)에 숨어 사색과 연구에 전념했다. 그의 다음 시조는 혹 명종이 승하했다는 말을 듣고 지은 것이 아닌가 한다.

　삼동(三冬)에 베옷 입고
　암혈(岩穴)에 눈비 맞아.

　구름 낀 볕 뉘도

---

[1] 조선 명종 때의 학자(1501~1572). 호는 남명(南溟). 당시 성리학의 대가로 추앙되었다. 저서로《남명집(南溟集)》등.

쬔 적이 없건마는

서산(西山)에 해 지다 하니
눈물겨워 하노라.

《청구영언》

한 선비를 상상해 보자.
그는 한겨울에 베옷 입고 눈비 맞으며 바위굴에서 살았다. 어려운 삶이었다. 그러나 임금이 불러도 나아가지 않았다. 나아갔더라면 삼동에 베옷 입고 암혈에서 눈비 맞는 힘든 삶은 면할 수 있었을 것이다. 아니, 부귀와 영화도 누릴 수 있었을 것이다. 그런데 왜 나아가지 않았을까? 그가 현감을 사양하며 임금께 올린 글 한줄 읽어 보자. 그는 그 때 단성(丹城, 경남 소재) 현감에 임명되었었다.

신은 이제 나이 육십에 가깝사온데, 학문은 어둡고 문장(文章)은 병과(丙科)의 반열에도 들지 못하였사오며, 행실(行實) 또한 부실하여 물 뿌리고 뜰 쓰는 구실을 맡기에도 부족하옵니다. 일찍이 십여 년 동안에 세 번 과거를 보다 실패하였으니 처음부터 벼슬에 뜻이 없었던 것은 아니옵니다.

〈사면단성현감소(辭免丹城縣監疏)〉[2]

---

2) 이 글에는 당시의 정사(政事)를 비판하는 내용도 들어 있다.

이 글로 보면 그는 처음부터 벼슬에 뜻이 없었던 것은 아니다. 그럼 왜 나아가지 않았을까? 이 글은 자신의 역량이 모자라기 때문이라고 말하지만 내 생각은 좀 다르다. 아마도 그는 과거를 몇 번 보면서, 그리고 세상 돌아가는 것을 보면서, 벼슬은 내가 갈 길이 아니라고 생각했을 것이다. 그렇다면 무얼 하겠는가? 학문을 연구하고 후진을 양성하는 일, 그로서는 바로 이것이었을 것이다.

그런데 자기를 그토록 부르던 임금이 돌아갔다고 한다. 눈물이 났다. 구름 낀 볕 뉘도 쬔 적이 없지만 눈물이 났다. 이것이 사람의 상정(常情)이 아니겠는가? 임금의 작은 덕 하나라도 입어 보려고 안달을 하다가 여의치 못하면 저놈의 임금 속히 망하라고 저주하는 사람들을 생각하면 선비의 눈물이 그지없이 아름답게 느껴진다.

성현(聖賢)의 가신 길이
閑居十八曲

 오늘은 일요일, 아내는 미사 드리러 가고 며느리는 예배 드리러 갔다. 아내는 천주교인이고 며느리는 장로교인이다. 아내는 며느리가 천주교인이었으면 할 것이다. 며느리도 제 시어머니가 장로교인이었으면 할지 모른다. 그러나 며느리는 물론이고 아내도 전혀 그런 내색을 하지 않는다. 나는 그런 아내와 며느리가 함께 나가는 뒷모습을 보고 권호문(權好文)[1]의 시조 한 수를 왼 일이 있다. 그의 〈한거십팔곡(閑居十八曲)〉 중 제17수.

 성현(聖賢)의 가신 길이
 만고(萬古)에 한 가지라.[2]

---

1) 조선 선조 때의 학자(1532~1587). 호는 송암(松巖). 벼슬길에 나아가지 않았다. 덕망이 높았다. 저서로 《송암집(松巖集)》.
2) 성현이 추구했던 길이 예부터 같은 것이다.

은(隱)커니 현(見)커니[3]
도(道)이 어찌 다르랴.

일도(一道)이 다르지 아니커니
아무 덴들 어떠리.

《송암속집(松巖續集)》

이런 시조를 대하면 마음이 푸근해진다.
 연전에 천주교의 어느 고위 신부가 사찰을 찾은 일이 있다. 서로 덕담을 나누었다. 불교의 어느 고위 승려도 성당을 찾은 일이 있다. 역시 서로 덕담을 주고받았다. 나는 오래 전에 비구니와 수녀들이 함께 노래하는 사진을 신문에서 본 일이 있다. 그들은 모두 성현(聖賢)의 가신 길은 결국 한 가지라고 믿어서 그런 것은 아니었을까?
 이런 생각을 하다 보면 또 불쾌한 연상도 뒤따른다.
 자기와 다른 종교라 하여 무시하는 사람이 많다. 그들 중에는 무시하는 데 그치지 않고 경멸하거나 매도하는 사람도 있다. 자기와 다른 종교의 상징물을 악의적으로 파손한 사람도 있다. 아니, 같은 종교 안에서도 파가 다르다 하여 눈을 흘기는 사람도 있다. 그들은 신앙이라는 거룩한 이름을 내세워 상대방을 적대시한다. 성현의 가신 길이 그리도 적대적이었던가?
 다시 아내와 며느리 생각.

---

3) 혹은 숨겨지기도 하고 혹은 나타나기도 하지만.

아내나 며느리나 다 같은 야훼(여호와) 하느님을 믿으니 특별히 못마땅하게 생각할 것은 없을 것 같다. 그런데 만일 며느리가 불교 신도라면 어찌 될까? 둘 다 신앙의 자유라는 말은 알고 있으니 설령 속으로는 못마땅하더라도 겉으로 내색하는 일은 여전히 없을 것이다. 그러나 나는 내색하지 않는 거기서 끝나지 않고, 아내는 며느리의, 며느리는 제 시어머니의 신앙 생활을 돕는 데까지 이르렀으면 싶다. 비 오는 날 아내가 성당에 갈 때 며느리가 차를 몰아 준다든지, 며느리가 불공 드리러 갈 때 아내가 초 사 쓰라며 몇 푼 쥐어 준다든지, 말하자면 이런 경지에 이르렀으면 싶은 것이다. 성현이 가신 길은 다 한 가지라고 믿으면서.

보거든 슬믜거나

  사랑으로 열병을 앓는 사람이 많다. 옛날에도 많았다. 그런데 요즈음의 열병은 옛날과 좀 다른지, 금방 펄펄 끓다가 또 금방 식어버리는 사람을 나는 적잖이 보았다. 나는 그런 경우를 볼 때면 옛날 고경명(高敬命)[1]의 시조 한 수가 떠오르곤 한다.

  보거든 슬믜거나[2]
  못 보거든 잊히거나,

  네 나지 말거나

---

1) 조선 선조 때의 문인(1533~1592). 임진왜란 때의 의병장. 호는 제봉(霽峰). 시문에 뛰어났다. 저서로 《제봉집(霽峰集)》. 이 시조는 다른 사람의 작품이라고도 한다. 그러나 그런 것 따지는 것은 학자들에게 맡겨 두자.
2) 만나 보거든 싫어지거나 못 보거든 잊혀지거나.

내 너를 모르거나,

차라리 내 먼저 스러져
네 그리게 하리라.

《동국가사(東國歌辭)》

한 여인을 사랑하는 사람이 있다. 그리움으로 가슴을 앓는다. 만날 때는 좀 싫어졌으면 싶다. 못 만날 때는 좀 잊혀졌으면 싶다. 그러면 그리움의 이 아픈 가슴앓이를 면할 수 있지 않겠는가? 그녀가 이 세상에 태어나지 않았더라면, 태어났더라도 내가 몰랐더라면 싶다. 그랬더라면 그리움의 이 아픔은 내가 면할 수 있을 것이다. 그녀가 내 이 그리움을 알까? 차라리 내가 먼저 죽어서 그녀로 하여금 나를 그리워하게 해 볼까? 그러면 그녀가 나의 이 그리움을 알까? 사랑의 지극한 한 모습이다.

내 고향 충청도 영동(永同), 내가 거기서 고등학교에 다닐 때의 일이다. 나하고 같은 반에 이웃 학교 여학생을 짝사랑하는 친구가 하나 있었다. 그는 늦은 밤에 우리 집엘 자주 왔다. 내가 대학에 갈 욕심으로 책상에 붙어앉아 있자면 말없이 방문을 열고 들어와 저만치 떨어져 앉았다. 나도 웬일이냐고 묻지 않았다. 그는 또 그 여학생에게 보낼 편지를 써 가지고 왔을 것이다.

"김소월이나 바이런의 시도 좋지만, 그런 거나 옮겨 적으면 뭘하니? 니 마음을 말해야지."

언젠가 내가 그에게 한 말이다. 그 때 그가 뭐라고 했는지는 기억나지 않지만, 어떻든 나는 그의 편지를 정성껏 고쳐 주었다. 열병 근처에도 못 가 본 내가 무슨 그런 만용을 부렸는지 지금 생각하면 웃음이 난다. 그러나 그렇게 수없이 써 보낸 그 편지들은 단 한 통의 답장도 받지 못했다. 그 여학생은 이미 다른 남학생과 사귀고 있었던 것이다. 가여운 내 친구는 대학도 포기하고 군대엘 갔다. 그리고 그 여학생이 결혼을 한 뒤에 결혼을 했다.

  고경명의 시조는 퍽 애처롭다. 내 친구의 실연은 더 애처롭다. 특히 그가 대학을 포기한 것을 생각하면 너무 안타깝다. 그러나 금방 끓다가 금방 식는 사람들을 생각하면 그 애처로움이 아름답게 느껴진다. 물론 이것은 내가 당사자가 아니어서 그럴 것이다.

일곡(一曲)은 어드메오
高山九曲歌

우리 집은 미아리다. 여기서 버스로 한 20분 가면 도봉산(道峰山)에 이른다. 산 중턱 어디쯤에 혼자 앉아 저 아래를 굽어보면, 철 따라 연둣빛 새싹들 움트는 소리, 장마 그친 계곡에 물 흐르는 소리, 우수수 붉은 잎새 흩나는 소리, 마른 가지에 찬 바람 부는 소리…, 나는 이런 소리를 들으며 소줏잔을 기울이곤 했다. 옛날 이이(李珥)[1]의 〈고산구곡가(高山九曲歌)〉[2] 제1곡을 보면 그도 솔숲에 혼자 앉아 무슨 술인지 한 잔 했던 것 같다.

일곡(一曲)은 어드메오.
관암(冠岩)에 해 비췬다.

---

1) 조선 선조 때의 문신, 학자(1536~1584). 호는 율곡(栗谷). 학문 이외에 글씨와 그림에도 뛰어났다. 저서로 《율곡전서(栗谷全書)》.
2) 〈석담구곡가(石潭九曲歌)〉라고도 한다. 서수(序首)까지 총 10수.

평무(平蕪)에 내 걷으니
원산(遠山)이 그림이로다.

송간(松間)에 녹준(綠樽)을 놓고
벗 오는 양 보노라.

《청구영언》

관암(바위 이름)에 햇빛이 밝게 빛난다. 평무(거친 들)에 끼였던 안개가 말끔히 걷힌다. 안개가 걷히자 먼 산이 그림처럼 아름답게 다가선다. 솔숲 사이에 녹준(술동이)을 놓고 그 먼 산을 바라본다. 마치 다정한 벗이라도 오는 양 반가운 마음으로 바라본다. 아름다운 자연을 벗삼고 사는 한 선비의 허심한 모습이다. 나는 먼 산을 바라보다가 한잔 기울이는 그 선비를 생각하며 이 시조의 독후감을 다음과 같이 적은 일이 있다.

이 시에는 햇빛 빛나는 바위가 있다. 안개 걷힌 들이 있고, 그림 같은 먼 산이 있고, 울창한 솔숲이 있다. 그리고 술이 있다. 술은 나와 자연과의 교감(交感)의 매체다. 여기 만일 술이 없다면 그 자연들이 얼마나 남남처럼 느껴질까? 술 못 하는 사람도 관암엘 가면 한잔 따라 들고 먼 산을 보고 싶을 게다.

졸저,《고전시를 읽는 즐거움》

물론 술 한잔 없이도 깊이 자연과 교감하는 사람들은 얼마든지 있다. 그러나 술 좋아하는 나는 그러질 못한다. 그래서 이런 독후감을 썼을 것이다. 술 없이 무슨 멋으로 산엘 가나 싶었던 것이다.

그러나 내가 아무리 술을 좋아한다 해도 떼지어 춤추고 산이 떠나가게 고성방가하는 사람들의 음주법까지 수용하지는 못한다. 술은 대인(大人)의 음식이라고 했다. 솔숲 사이에 녹준을 놓고, 벗이 오는 양 먼 산을 바라보는 사람의 음식이다. 나는 대인은 못 되지만 그런 경지가 있다는 것은 안다.

그 동안 자잘한 일들로 해서 산엘 못 갔다. 마침 가을도 깊었으니 이번 주말에는 술 한잔 기울이며 잎 지는 소리나 들어야겠다.

재너머 성 권농(成勸農) 집에

누가 그러는데 내 글에는 술 이야기가 많다고 한다. 나는 별로 의식하지 못한 일이지만 듣고 보니 그런 것 같다. 내가 술을 좋아해서 그런가? 나는 또 언제부터인지 술이 등장하는 시를 즐겨 읽게 되었다. 역시 술을 좋아해서 그럴 것이다. 정철(鄭澈)[1]의 다음 시조는 언제 읽어도 흥겹다. 그는 술을 퍽도 좋아한 시인이다.

재너머 성 권농(成勸農) 집에
술 익단 말 어제 듣고,

누운 소 발로 박차
언치 놓아 지즐타고,[2]

---

1) 조선 선조 때의 문신, 시인(1536~1593). 호는 송강(松江). 시조와 가사 문학의 거봉. 저서로《송강가사(松江歌辭)》등.

아이야, 네 권농 계시냐.
정 좌수(鄭座首) 왔다 하여라.

《송강가사(松江歌辭)》

　이 시조에 등장하는 성 권농은 조선 선조 때의 학자인 성혼(成渾)이라고 한다. 권농은 면(面) 같은 작은 고을에 소속되어 농사를 독려하던 직책을 가리킨다. 정 좌수는 물론 지은이 자신, 좌수는 지방 행정 관서 단위로 두었던 자치 기관(향청)의 우두머리다. 둘다 낮은 직책이지만 옛날 우리 농촌의 부지런하고 순박한 모습을 드러내는 말들이다. 나는 이런 말들이 좋다.
　그럼 시조 속으로 들어가 보자. 재너머 성 권농 집에 술이 익었다는 말을 어제 들었다. 아마 성 권농이 내일쯤 와서 한 잔 하라고 인편에라도 전해 주었을 것이다. 그러니 술 좋아하는 정 좌수, 얼마나 마음이 급했겠는가? 그래 오늘은 누운 소를 발로 박차 언치 놓아 지즐타고 집을 나섰다. 흥겹고 유머러스한 모습이 눈에 선하다.
　성 권농은 정 좌수를 위하여 술을 걸렀다. 닭도 한 마리 잡았을 것이다. 아니, 쓴나물이면 또 어떤가? 친구 있고 술 있으면 그것으로 족하다. 정 좌수가 잔을 죽 들이키고는 한 마디 읊는다.

---

2) 언치(안장 밑에 까는 털가죽) 놓아 눌러 타고. 지은이(시적 자아)의 흥겹고 유머러스한 모습. 성 권농 집에 이르는 과정은 생략되어 있다.

한잔 먹세그려, 또 한잔 먹세그려.
꽃 꺾어 산(算) 놓고 무진무진 먹세그려.

정철, 〈장진주사(將進酒辭)〉

 권커니 잣거니 하는 사이에 어느덧 해가 기운다. 이제는 헤어질 때다. 손을 흔들어 친구를 보내는 성 권농, 석양에 비스듬히 소를 타고 재를 넘는 정 좌수의 모습이 부럽게 떠오른다.
 살기 힘들어 허리띠를 졸라매는 이 판국에 무슨 술타령이냐고 하지 말라. 나도 힘들게 살기는 마찬가지다. 힘들다 보니 삼겹살 두어 점 구워 놓고 독한 소주나 퍼마신다. 그럴 때 이 흥겨운 옛 시조 한 수 읊는다 해서 너무 타박할 것은 없지 않은가?

짚방석 내지 마라

어느덧 우리 집 작은 뜰에 가을이 깊다. 감나무는 이미 그 붉은 잎새를 다 지우고, 후박나무는 그 넓은 잎새를 뚝뚝 떨어뜨린다. 낙엽이 온 뜰에 가득하다. 달 뜬 밤에 그 낙엽 위에 앉아 막걸리 한잔 했으면, 내가 낙엽을 보면서 이런 생각을 한 것은 옛날 한호(韓濩)[1]의 시조 한 수가 떠올라서 그랬을 것이다.

짚방석 내지 마라,
낙엽엔들 못 앉으랴.

솔불 혀지 마라,[2]
어제 진 달 돋아 온다.

---

1) 조선 선조 때의 명필(1543~1605). 호는 석봉(石峰).
2) 켜지 마라. 솔불은 송진이 많은 가지나 옹이에 붙인 불, 관솔불.

아희야, 박주산채(薄酒山菜)³⁾일망정
　　없다 말고 내어라.

《청구영언》

　어느 농촌 작은 마을로 가 보자. 가을도 깊은 밤이다. 달이 환히 떴다. 김 서방이 이웃집엘 갔다. 이웃집에선 반갑게 맞으며 짚방석도 내놓고 솔불도 켜려 했다. 그러나 김 서방은 그걸 말렸다.
　"낙엽에 앉으면 워때유? 달 밝으니 솔불 켜지 마세유."
　나는 김 서방의 이 말이 좋다. 낙엽에 앉은들 무엇이 어떤가? 솔불이 없어도 밤이 밝다. 자연 그대로다. 김 서방의 이 말 속에는 순수한 자연에 동화된 순박한 마음이 있다. 이런 자연 속에 이런 마음으로 말하는 그의 다음 한 마디가 나는 또 좋다.
　"거 쓴술에 산나물일망정 없다 말고 내놓으세유, 허허."
　자, 우리도 그 집으로 가서 김 서방 곁에 앉아 보자. 달은 여전히 중천에 밝다. 비록 쓴술에 산나물이지만 주인이 아낌없이 내놓는 것이니 한잔 죽 들이켜 보자. 어, 시원하다. 먼지 하나 날지 않는 깨끗한 가을밤, 거기 낙엽이 있고, 달이 있고, 서로 권하는 술이 있다. 순수한 자연, 순박한 인심.
　이제는 우리 집 뜰로 다시 돌아와 보자. 우리 집 뜰에도 낙엽이 가득하다. 며칠 안 있으면 둥근 달이 환히 뜰 것이다. 우리 집 코 앞에 구멍가게가 있으니, 소주든 맥주든 막걸리

---

3) 쓴 술(맛없는 술)에 산나물(하찮은 안주).

시조時調　133

든 걱정할 것 없다. 그리고 냉장고에는 돼지고기, 쇠고기에 생 닭도 한 마리 들어 있다. 대문 밖을 달리는 마을버스의 그 부르릉거리는 소리, 그 내뿜는 매연이 좀 골치이긴 하지만 그것은 참으면 된다. 그럼 김 서방을 맞을 준비는 다 된 셈이다. 그런데 찾아오는 김 서방이 없다. 내가 부를 수도 있겠지만, 그러면 한 상 잘 차려 놓은 줄 알 테니 그러기도 어렵다. 그러니 혼자 앉아 한잔 하는 수밖에.

이웃끼리 서로 찾으며 술 한잔 나누는 것은 아름다운 풍속이다. 그러나 지금은 낙엽이 아무리 쌓여도 달이 아무리 밝아도 그러기가 어렵다. 이웃에 누가 사는지도 모르거니와 설령 좀 안다 하더라도 몸도 마음도 지친 터에 무슨 여유가 있어 서로 찾겠는가?

지당(池塘)에 비 뿌리고

　지난날에 자기가 쓴 글을 다시 찾아 읽어 볼 때가 있다. 다음에 보이는 것은 조헌(趙憲)[1]의 시조, 그리고 그 아래 짤막하게 덧붙인 것은 연전에 내가 이 시조를 읽고 쓴 독후감의 일부이다. 나는 오늘 이 독후감을 다시 찾아 읽었다.

　지당(池塘)에 비 뿌리고
　양류(楊柳)에 내 끼인 제,

　사공(沙工)은 어디 가고
　빈 배만 매였는고.

　석양(夕陽)에 무심(無心)한 갈매기만[2)

---

1) 조선 선조 때의 문신, 학자(1544~1592). 임진왜란 때의 의병장(義兵將). 호는 중봉(重峯). 학문이 깊었다. 저서로《중봉집(重峯集)》.
2) 마음을 비운 갈매기. 지은이의 심경.

오락가락 하더라.

《청구영언》

못에 비가 뿌린다. 무심히 뿌린다. 버들숲에는 안개가 자옥이 끼여 있다. 아무 뜻 없이 제절로 끼인 것이다. 유심할 법한 사공은 보이지 않고 빈 배만 무심히 매여 있다. 석양이다. 유일한 유정물(有情物)인 갈매기도 무심히 날아 나닌다. 한 폭의 아름다운 그림이다. 이 그림의 주제는 무심.

무심은 사심 없는 마음이다. 욕심 없는 마음이다. 지은이(시적 자아)는 그런 순수한 눈으로 비 뿌리는 못을 바라보고, 안깨 끼인 버들숲, 사공 없는 빈 배도 바라보고, 오락가락하는 갈매기도 바라보았다. 순간 그것들은 모두 무심한 것으로 다가와 한 폭의 아름다운 그림을 만들어 냈다.

사심을 버리면, 욕심을 버리고 순수한 마음으로 바라보면 우리는 세상을 좀더 아름다운 그림으로 볼 수 있을 것이다.

졸저,《고전시를 읽는 즐거움》

이 시조의 주제가 정말 무심인지 어떤지는 잘 모르겠다. 그러나 나는 이 시조를 읽으면서 무심을 생각한 게 사실이다. 내가 오늘 이 독후감을 찾아 읽은 까닭도 분명치 않다. 그 동안 내 마음을 어지럽혀 온 번뇌(煩惱)들을 이 글로써 지워 보려 함이었을까?

번뇌, 그렇다고 나는 인류의 장래를 염려하여 고심한 적도 없고, 나라의 현실을 걱정하여 잠을 설친 일도 없다. 내 마음 속의 번뇌란 나의 극히 개인적인 삶, 예컨대 심각할 것도 없는 사랑과 미움, 대단치도 않은 얻음과 잃음, 이런 것들에 마음을 비우지 못해서 일어나는 것이다. 더 큰 일들은 생각할 겨를도 없다.

  나는 내 독후감에서, 사심을 버리면, 욕심을 버리고 순수한 마음으로 바라보면 우리는 세상을 좀더 아름다운 그림으로 볼 수 있을 것이라고 했다. 이렇게 잘 아는 내가 왜 사심도 욕심도 못 버리고 하찮은 번뇌에 시달릴까? 마음을 비운다는 것이 아무 중생이나 가능한 것이 아닌 모양이다. 악의나 품지 않았으면….

한산(閑山)섬 달 밝은 밤에

요 얼마 전에 국회의원의 보궐 선거가 세 선거구에서 있었다. 후보자 본인은 물론 그 소속 정당의 국회의원들이 대거 출동하여 선거전을 펼쳤다. 경쟁 후보와 상대 정당에 대한 공격이 마치 치열한 전투 같았다. 그러나 그들은 자신의 그런 공격이 나라의 현재와 미래를 염려하는 뜨거운 충정(衷情)의 발로라는 듯 조금도 늦출 줄을 몰랐다. 뜨거운 충정? 나는 신문을 집어던지고 술 한잔을 들었다. 이순신(李舜臣)[1]의 시조 한 수가 쓸쓸히 떠올랐다.

　　한산(閑山)섬[2] 달 밝은 밤에
　　수루(戍樓)에 홀로 앉아,

---

1) 조선 선조 때의 무신(1545~1598). 탁월한 전략가로 문장에도 뛰어났다. 저서로《이충무공전서(李忠武公全書)》.
2) 경상남도 통영시 한산면에 속한 섬. 지은이가 임진왜란 때 한산대첩(閑山大捷, 한산섬에서의 큰 승리)을 이루었던 곳.

큰 칼 옆에 차고
깊은 시름 하는 차에,

어디서 일성호가(一聲胡笳)는
나의 애를 긋나니.

《청구영언》

한산섬에 달이 밝다. 한밤일 것이다. 잠 못 드는 장군 한 사람이 수루(적의 동정을 살피는 망대)에 혼자 앉아 있다. 왜적(倭敵)은 저리 쳐들어오는데 장차 나라의 운명은 어찌 될 것인가? 깊은 시름에 잠을 이룰 수가 없다. 그 때 어디선가 호가(날라리 또는 풀잎피리) 한 가락이 구슬프게 들려 온다. 시름으로 잠 못 드는 장군의 애(창자)가 칼로 긋는 듯 마디마디 끊긴다.

이 시조에는 '수루'도 나오고 '큰 칼'도 나온다. 그러나 용맹스러운 장군의 모습은 보이지 않는다. 다만 '일성호가'에 애가 끊기는 고뇌의 한 인간이 있을 뿐이다. 나라의 운명을 근심하는 그 고뇌, 우리가 이 시조에서 감동을 받는 것은 지은이가 그런 고뇌의 한 인간으로 가까이 다가오기 때문일 것이다.

그럼 이번에는 위에서 잠깐 말한 그 치열한 전투 장면을 한번 재현해 보자. 모두들 씩씩하다. 전략도 탁월하고 전술도 교묘하다. 군자금도 별 걱정이 없는 듯하다. 거기다 애국심(애당심은 물론이고)까지 뜨겁다. 그러나 유권자들에게는 아무 감동도 주지 못했던 모양이다. 만일 그들이 하는 말과 행동에 다소나마 감동적인 데가 있었다면 투표율이 그렇게 저조할 리 없다. 투표에 참가한 유권자는 전체 유권자의 절반에도 훨씬 못 미친다.

그렇다면 정치를 하는 사람이 어떤 모습을 보일 때 유권자들은 감동을 받겠는가? 나라의 현재와 미래를 참으로 근심하며 한밤의 일성호가에 애가 끊기는 그런 모습이다. 씩씩한 삿대질, 탁월한 전략과 교묘한 전술, 넉넉한 군지금, 하늘이 찢어지게 외쳐 대는 애국심, 그런 것은 감동과 아무 관계가 없다. 이제 이 글을 마치자니 달 밝은 한산섬의 시름 깊은 한숨 소리가 들려 오는 것만 같다.

북천(北天)이 맑다커늘

　나는 임제(林悌)¹⁾를 좋아한다. 그는 호탕스러운 선비였다. 기녀(妓女)인 한우(寒雨, 찬비)²⁾도 좋아한다. 그녀는 매력 있는 여인이었다. 어느 날 임제가 찬비를 찾아갔다. 술이 몇 순배 돌았다. 임제가 찬비를 바라보며 넌지시 시조 한 수 읊었다.

　　북천(北天)이 맑다커늘
　　우장(雨裝) 없이 길을 나니,

　　산에는 눈이 오고
　　들에는 찬비 온다.

　　오늘은 찬비 맞았으니

---

1) 조선 선조 때의 문인(1549~1587). 호는 백호(白湖). 성격이 호방하고 문장이 뛰어났다. 저서로《임백호집(林白湖集)》.
2) 조선 선조 때의 기녀. 기타는 미상.

얼어 잘까 하노라.
《해동가요》

북녘 하늘이 맑다고 해서(그러면 날씨가 좋다는 말이 있다) 우장(눈비를 가리는 장비) 없이 길을 나섰는데, 산에는 눈 오고 들에는 찬비 온다. 오늘은 찬비(한우) 맞았으니 얼어 자야겠구나. 대강 이런 뜻이다. 그러니까 한우의 뜻을 묻는 노래다.
그 때 한우가 무슨 뜻인지 모르고 묵묵부답이었거나, 비는 무슨 비가 온다고 그러세요 했다면 그녀는 결코 매력 있는 여인일 수 없다. 그런 여인이라면 임제가 왜 찾아가겠는가? 술이야 한우네 집 말고도 얼마든지 있다. 찬비는 이렇게 화답했다.

어이 얼어 자리, 무슨 일로 얼어 자리.
원앙침(鴛鴦枕) 비취금(翡翠衾)을 어디 두고 얼어 자리.
오늘은 찬비 맞았으니 녹아 잘까 하노라.
《해동가요》

왜 얼어 자겠는가, 무슨 일로 얼어 자겠는가, 원앙침(부부가 함께 베는 베개) 비취금(비취 빛깔의 비단 이불)을 어디 두고 얼어 자겠는가, 오늘은 찬비(한우) 맞았으니, 녹아 자야겠구나(임제의 어조). 대강 이런 뜻이다. 매력 있는 여인 아닌가?
이들 시조에 무슨 대단한 뜻이 있는 것은 아니다. 있다면 그저 재치 있는 중의법(重義法)[3] 정도다. 그러나 자기의 뜻을 노래에 실어 전하는 그 호탕한 선비와 매력 있는 여인의 모습은 정말이지 멋있게 떠오른다. 전혀 속기(俗氣)가 느껴지지 않는다.

  요즈음은 이런 장면을 상상도 하기 어렵다. 찾아가는 사람, 맞이하는 사람에 좋은 술도 많지만 시가 없는 것이다. 옛날에는 흔히 연애 편지에 시를 써 넣었다. 제 시가 없으면 남의 시라도 베껴 넣었다. 그러나 지금은 쓰기는 고사하고 남의 시 한 줄도 외우려하지 않는다. 시 없는 이런 세상에 무슨 멋이 있겠는가?

---

3) 같은 말로 동시에 두 가지 뜻을 나타내는 수사법.

묏버들 가려 꺾어

"요즈음 여인들은 그 애인을 보낼 때 무슨 선물을 줄까?"
 물론 싫어져서 헤어질 때가 아니고 몹시도 사랑하지만 부득이 보내야 할 때 말이다. 옛날 홍낭(洪娘)[1]은 묏버들[2] 한 가지 꺾어 주었다. 묏버들, 산에 나는 그 버들 한 가지.
 조선 선조 때의 유명한 시인 최경창(崔慶昌)이 경성(鏡城)의 북평사(北評事, 관직명)로 있을 때 홍낭이 그 곁에 머물렀다. 홍낭은 기녀였다. 둘은 끔찍이도 사랑했다. 그런데 최경창이 서울로 돌아오게 되었다. 최경창도 그렇지만 홍낭의 마음은 아프고 아팠을 것이다. 그래 묏버들 한 가지 꺾어 주며 시조 한 수 불렀다. 유명한 그 시조는 아래와 같다.

---

1) 조선 선조 때의 함경도 홍원(洪原) 지방의 기녀. 임진왜란 때 최경창의 시고(詩稿)를 간직했다가 병화(兵火)에서 구했다고 한다.
2) 산에 사는 하찮은 버들이지만 청순한 새 잎이 핀다.

묏버들 가려 꺾어
보내노라 남의손대.

자시는 창 밖에
심거 두고 보소서.

밤비에 새 잎곧 나거든
날인가도 여기소서.

《청구영언》

자, 시조 속으로 들어가 보자.
아리따운 여인이 묏버들 한 가지를 꺾는다. 가려 꺾는 그 손길이 여간 정성스럽지가 않다. 주무시는 창 밖에 심어 두고 보라 한다. 그 바람이 또 여간 간절하지가 않다. 밤비에 새 잎곧 나거든 날인가도 여기소서 한다. 밤비에 돋아난 묏버들의 새 잎처럼 그렇게 청순한 모습으로 님의 곁에 있겠다는 그런 뜻일 것이다.
그 때 최경창은 이 시조를 듣고 어찌했을까?
그는 당대 최고급의 시인이었다. 그러나 이 시조에 화답하지 못했다. 그 청순한 사랑이 너무 감동적이어서 할 말을 잊었기 때문이었을까? 그는 이 시조를 다음과 같이 한역(漢譯)했다. 자신의 시로 다시 옮겨 영원히 가슴 속에 담아 두려 함이었을 것이다.

折楊柳寄與千里人, 爲我試向庭前種.

須知一夜生新葉, 憔悴愁眉是妾身.[3]

보내노라 버들 꺾어 머언 천릿길,
시험삼아 뜰앞에 심어 보소서.

아시리까, 밤비에 새 잎곧 나면
그것이 시름 많은 제 모습임을.
　　　이병기(李秉岐)・백철(白鐵),《국문학사(國文學史)》

　애인을 보낼 때 무슨 선물을 하든 그것은 내가 관여할 일이 아니다. 나는 그저 옛날 묏버들 한 가지 꺾어 준 여인도 있었다는 사실 하나 소개하는 것으로 족하다. 그러나 자연보호 때문인지 묏버들 꺾는 흥낭도 없고, 따라서 감동하는 최경창도 없는 듯하다.

---

3) 몇 글자 달리 전하기도 하지만 뜻은 별 차이 없다.

동리(東籬)에 국화 피니
田園四時歌

우리 집 담밑에 노란 국화가 무더기로 피었다. 그러고 보니 중양(重陽)도 며칠 안 남았다. 중양은 음력으로 9월 9일, 옛날에는 이날 술에다 국화꽃 이파리를 띄워서 마셨다고 한다. 나는 담배 한 대 피워 물고 뜰을 거닐었다. 신계영(辛啓榮)[1]의 시조 한 수가 생각났다. 그의 〈전원사시가(田園四時歌)〉[2] 전 10수 중 제6수.

동리(東籬)에 국화 피니
중양이 거의로다.

자채로 빚은 술이
하마 아니 익었느냐.

---

1) 조선 인조 때의 문신(1557~1669). 호는 선석(仙石). 일본에 가서 조선인 포로 140여 명을 데리고 왔다. 저서로《선석유고(仙石遺稿)》.
2) 전원(농촌)의 네 계절을 읊은 노래.

아희야, 자해황계(紫蟹黃鷄)로
안주 장만 하여라.

《선석유고(仙石遺稿)》

이 시조의 '동리'라는 말은 동쪽 울타리라는 뜻이다. 옛날 중국 시인 도연명이 "채국동리하, 유연견남산(采菊東籬下, 悠然見南山, 동쪽 울밑의 국화 따 들고, 유연히 남산을 보노매라)"이라고 읊은 일이 있는데, 이로 인하여 이 말은 '국화'라는 말과 자주 어울려 쓰이게 되었다. 우리 고전에 흔히 보인다. 이것은 곧 만추(晚秋)의 이미지다. '자채'는 벼의 일종인데 좋은 논에서만 난다. 이 벼를 찧어 그 옥 같은 쌀로 술을 담그면 얼마나 맛있을까? 한잔 하고 싶네, 허허. '자해황계'는 자줏빛 도는 게와 털이 누런 닭이다. 손가락만 빨면서도 한잔 하고 싶은데, 세상에 이런 안주까지 있다니. 마구 군침이 도네그려, 허허.

자, 시 속으로 들어가 보자. 내일 모레가 중양이다. 국화의 계절이다. 동쪽 울타리에 노란 국화가 무더기로 피었다. 맑은 가을볕 속에 환하고 또 환하다. 추수도 끝났다. 자채 찧어 그 햅쌀로 담근 술이 바야흐로 익고 있다. 중양이 되면 햅쌀로 담근 그 술에 노란 국화꽃 이파리 띄워 한잔 할 것이다. 안주 같은 것은 걱정할 게 없다. 자해도 있고 황계도 있지 않느냐? 풍요로운 가을 한때.

힘들게 사는 사람도 많은데 무슨 술타령이냐고 윽박지르면 안 된다. 봄 여름 뼈빠지게 일하고 모처럼 맞는 중양이다. 노란 국화꽃 몇 이파리 띄워 막걸리 한잔 하는 것, 이런 멋도 없다면 어떻게 그 긴긴 봄여름의 뼈빠지는 하루하루를 보내 겠는가? 설령 자채로 빚은 술이 아니더라도, 설령 자해나 황계 같은 안주가 없는 술이더라도 한 대접 죽 들이키도록 그렇게 해 주자.

  내 인생도 뼈마디 쑤시는 봄 여름 다 살고 어느덧 내일 모레가 중양이다. 그러나 내 아내는 우리 집 뜰에 국화가 저리 피어 있어도 중양이 무슨 날인지를 모른다. 쌀이 남아 돈다는데도 술 담글 생각은 꿈에도 안 한다. 그러니 나는 독한 소주에 삼겹살로 나의 중양을 맞을 수밖에 없다. 시조 속에 들어가 한잔 했으면.

말하면 잡류(雜類)라 하고

오늘 좀 무료해서 옛 시집을 들추다가 김상용(金尙容)¹⁾의 시조 한 수를 만났다. 쓰인 낱말이나 표현은 옛투지만 내용은 오늘의 세태(世態) 그대로인 듯도 해서 여기 잠시 옮겨본다.

말하면 잡류(雜類)라 하고
말 아니 하면 어리다네.

빈한(貧寒)을 남이 웃고
부귀(富貴)를 새오나니,

아마도 이 하늘 아래

---

1) 조선 인조 때의 문신(1561~1637). 호는 선원(仙源). 절의(節義)가 있었다. 글씨에도 뛰어났다. 저서로《선원유고(仙源遺稿)》. 이 시조는 주의식(朱義植)의 작품이라고도 한다.

살 일이 어려워라.[2]

　　　　　　　　　　《청구영언》

　무슨 문제에 대해서 말을 하면 잡류라고 매도한다. '잡류'란 잡것들, 곧 상대방에 대한 최극의 비칭(卑稱)이다. 그럼 그들은 왜 그러는가? 그 말이 자기네에게 불리하게 작용할 것이기 때문이다. 그러므로 심장 약한 사람은 하고 싶은 말이 있어도 할 수가 없다. 설령 그른 말이라 하더라도 자기네에게 유리하면 적극적으로 옹호하고 나서는 것이 바로 이런 사람들의 생리다.
　무슨 문제에 대해서 말을 하지 않으면 또 어리다고 매도한다. '어리다'는 우매하다(어리석다), 곧 상대방에 대한 가장 모욕적인 언어다. 그럼 그들은 왜 그러는가? 한 마디만 해 주면 자기네가 유리해질 텐데 안 하니까 그러는 것이다. 그러므로 심장 약한 사람은 입 다물고 있기도 어렵다. 자기는 용기가 없어 말을 못 하면서 남이 말 안 한다고 매도하는 것이 바로 이런 사람들의 생리다.
　가난하게 살면 또 가난하게 산다고 비웃는다. 물론 지금은 노골적으로 그러지는 않는다. 그러나 그것은 무슨 봉변이라도 당할까 봐 그러는 것이지 비웃을 마음이 없어서 그러는 것은 아니다. 그의 삶이 깨끗해서 가난한지 방탕을 일삼다가 재산을 날려 그런지 그런 것은 생각도 해 보지 않는다. 이런 사람들 중에는 부정한 손으로 긁어 모으는 데 이골이 난 사

---

2) 이 세상에서 살아 갈 일이 어렵다는 뜻.

람이 많다.

  부귀한 사람을 보면 또 끝없이 '새오나니', 이 말은 시샘하나니, 시기하나니, 질투하나니 등 가장 비열한 뜻을 가진 단어다. 이것도 물론 지금은 드러내놓고 그러지는 않는다. 그러나 기회만 있으면 중상과 모략을 말지 않는다. 못 먹는 감 찔러나 본다가 아니라, 내가 망할지언정 너 흥하는 꼴은 못 본다이다. 이런 사람들 중에는 부귀한 사람들을 끌어내리는 데 이골이 난 사람이 많다.

  말하면 잡류라 하는 사람, 말 안 하면 어리다 하는 사람, 남의 가난을 비웃는 사람, 남의 부귀를 시샘하는 사람이 전부인 것은 물론 아니다. 그러나 단 한두 사람이라도 내 이웃에 있다면, 그러지 않아도 어려운 나의 삶이 얼마나 더 어렵겠는가?

반중(盤中) 조홍(早紅) 감이
早紅枾歌

　나는 지금 우리 집 뜰에 홀로 서 있다. 가을볕이 밝다. 어느덧 단풍들어 곱던 감나무 잎새가 다 졌다. 따다 남은 감이 노랗다. 노란 열매 사이사이로 바알간 홍시 몇 알이 보인다. 빛깔이 참 투명하다. 저걸 따다 어느 님께 드릴까? 지금은 가고 안 계신 우리 어머니. 다음은 박인로(朴仁老)[1]의 〈조홍시가(早紅枾歌)〉[2]다.

　반중(盤中) 조홍(早紅) 감이
　고와도 보이나다.

　유자(柚子) 아니라도

---

1) 조선 선조 때의 무신, 시인(1561~1642). 호는 노계(蘆溪). 시조와 가사 문학의 대가. 저서로 《노계집(蘆溪集)》.
2) 일찍 익은 붉은 홍시를 두고 부른 노래. 본래 네 수인데 여기 보인 것은 그 첫째 수.

품음 직도 하다마는

품어 가 반길 이 없을새
글로 설워 하나이다.[3]

《노계집(蘆溪集)》

우선 옛이야기 하나.

옛날 중국에 육적(陸績)이라는 사람이 있었다. 그가 여섯 살 때의 일이다. 원술(袁術)이라는 사람이 그에게 귤(시조에서는 유자) 몇 개를 주었는데, 그는 그 중 세 개를 품에 품고 돌아가 그 어머니에게 드렸다. 원술이 그를 대단히 기특하게 생각했다. 여섯 살의 어린 아이지만 그 효심이 오히려 어른스러워서였다.

그럼 시조로 돌아와 보자.

소반 가운데 놓여 있는 조홍 감이 곱게도 보인다. 유자(고사에서는 귤)가 아니라도 육적처럼 품음 직도 하지만, 품어가도 반가워할 분이 이미 안 계시니 무엇에 쓰랴? 빛 고운 조홍 감을 보며 돌아가신 어머니를 생각하는 그 섧은 마음이 찐하게 가슴에 밀려 온다.

지금은 안 계신 우리 어머니.

나는 다섯 살 때 광견(狂犬)의 습격을 받아 사경(死境)을 헤맨 일이 있다. 어머니는 죽어 가는 나를 업고 한 달이나 읍내 병원엘 다니시며 내 척추에 주사를 맞히셨다. 그 때마다

---

3) 그로하여(어머니가 안 계셔서) 서러워하나이다.

나는 너무 아파 까무러칠 것 같았다. 그 순간 어머니의 마음이 어떠하셨을까?

일제강점기 말년, 그리고 한국전쟁 때, 내가 다른 글에서도 말했지만, 어머니는 우리 아홉 남매가 굶주릴까 봐 동분서주하셨다. 우리 중 누구 하나라도 잘못된 길에 빠질까 봐 노심초사하셨다. 돌아가실 때까지 어머니가 드린 기도의 주제는 우리 아홉 남매의 무사였다.

우리가 다 장성한 뒤에도 우리에 대한 어머니의 노심초사는 끊이지 않으셨다. 아이들은 제대로 기르는지 몸은 건강한지 사는 건 힘들지 않은지, 하루도 걱정하지 않는 날이 없으셨다. 지하에 계신 지금도 여전히 그러하실 것이다.

다시 바알간 홍시를 본다. 저걸 따서 어느 님께 드릴까?

풍파(風波)에 놀란 사공(沙工)

"이거 힘들어서 못 해 먹겠어. 지금 다른 것 생각 중이야."
 작은 음식점을 경영하던 내 친구 한 사람이 몇 번인가 이렇게 말하더니 요 얼마 전에 문을 닫았다. 그 후 무슨 일을 또 시작했는지는 아직 듣지 못했다. 사람들은 흔히 자기가 하는 일은 힘들고 남이 하는 일은 수월하게 본다는데 그도 그랬던 것일까? 나는 그가 문을 닫았다는 말을 듣고 장만(張晩)[1]의 시조를 생각했다.

 풍파(風波)에 놀란 사공(沙工)
 배 팔아 말을 사니,

 구절양장(九折羊腸)이

---

1) 조선 인조 때의 문신(1566~1629). 호는 낙서(洛西). 문무(文武)를 겸비하고 지략이 있었다. 저서로《낙서집(洛西集)》.

물도곤 어려웨라[2]

이 후(後)란 배도 말도 말고
밭 갈기만 하리라.

《청구영언》

  우선 풍파에 놀란 사공을 생각해 보자.
  '풍파'라는 말의 사전적 의미는 바람과 물결이다. 그러나 부드러운 바람과 잔잔한 물결에 놀라는 사공은 없다. 풍파는 세찬 바람과 험한 물결을 가리킨다. 그것은 배를 뒤집거나 집어삼키는 무서운 바람, 무서운 물결이다. 한 사공이 그에 놀라 배를 팔았다. 물론 그런 풍파를 잘 견디며 배를 모는 사공도 많았다.
  다음은 배를 팔아 마부(馬夫)가 된 사람을 생각해 보자.
  '구절양장'은 아홉 번 꺾인 양의 창자처럼 꼬불꼬불한 길이다. 아마 오르고 내려가는 산길일 것이다. 평지에는 그런 길이 없다. 말을 몰고 그 길을 오르내리자니 풍파 속에 배 몰기보다 더 어렵다. 더구나 그 길에 눈 쌓이고 빙판지면 위험하기 짝이 없다. 그래 말을 팔기로 했다. 물론 그 길을 잘 견디며 말을 모는 마부도 많았다.
  이제 그는 어찌할까?
  이제는 사공도 마부도 다 때려치우고 농부(農夫)가 되겠다고 한다. 그러나 농부의 일이 사공이나 마부보다 쉬운 것은

---

2) 물보다 어렵구나.

아니다. 콩밭타고 논 매자면 허리가 끊어진다. 가뭄에 논이 타고 장마에 밭둑이 무너지면 간이 타고 가슴이 무너진다. 그럼 농부가 된 그는 이제 또 무엇을 할 것인가? 무엇을 한다 한들 그것은 또 쉽겠는가?

　물론 이 시조의 '풍파'나 '구절양장'은 험난한 벼슬길의 비유일 수도 있다. 지은이는 임금의 진노를 산 일도 있고 유배(流配)를 당한 일도 있다. 그 때 그는 벼슬을 떠나 농부가 되자 했는지도 모른다. 그러나 시조 자체만 본다면 농사를 너무 쉽게 생각한 것이다.

　지금 자기가 하는 일에 가령 전혀 보람을 느끼지 못한다든지 그 일을 계속하기에는 여건이 허락하지 않는다든지와 같은 경우라면 직업을 바꾸어야 할 것이다. 그러나 내가 하는 일은 힘들고 남이 하는 일은 수월해 보여서 그런다면 그것은 좀 생각해 볼 문제다.

가노라 삼각산(三角山)아

"그 때 나라면 어떻게 했을까?"

오늘 김상헌(金尙憲)¹⁾의 시조 한 수를 읽으면서 병자호란(丙子胡亂)을 생각하는 중에 문득 이런 질문이 떠올랐다. 우선 그의 시조부터 적어 놓고 이야기를 계속하기로 하자.

가노라 삼각산(三角山)아,
다시 보자 한강수(漢江水)야.

고국(故國) 산천(山川)을
떠나고자 하랴마는,

시절(時節)이 하 수상(殊常)하니

---

1) 조선 인조 때의 문신(1570~1652). 호는 청음(淸陰). 절의(節義)가 있었다. 글씨도 잘 썼다. 저서로《청음집(淸陰集)》.

올동말동 하여라.

《청구영언》

　조선 인조 14년(1636), 청나라 태종이 10만의 대군을 이끌고 침략해 왔다. 이것이 병자호란이다. 인조는 곧 남한산성으로 피난했다. 그 때 조정에서는 청나라와 화의하자는 주화론(主和論)과 화의를 배척하고 싸우자는 척화론(斥和論)이 대립하고 있었는데, 결국 주화론에 따라 인조가 청나라 태종 앞에 굴욕적인 항복을 하고 말았다.

　우리는 여기서 척화론자들의 그 뜨거운 애국심을 생각하지 않을 수 없다. 그것은 높은 자존심이었다. 나라의 운명이 풍전등화(風前燈火)와 같던 그 때 그들은 목숨을 내놓았다. 온갖 못된 요구를 다해 오는 오랑캐와 화의를 하자고? 그들은 절대로 그럴 수가 없었다. 결국 두 왕자[2]는 저들에게 인질로 잡혀 가고 척화론의 강경파 몇 사람[3]은 끌려가 참형을 당했다.

　지은이도 척화론자였다. 그는 이후에도 계속 척화론을 유지했는데 그도 결국 저들에게 잡혀 가게 되었다. 이 시조는 그 때 지은 것이라고 한다. 떠나면서 바라본 삼각산, 한 번 더 굽어본 한강수, 살아서 돌아올지 죽어서 돌아올지 아무도 모르는 그 길을 떠나는 그의 심경이 어떠했을까? 참담, 바로 그것이었을 것이다.

---

2) 소현세자(昭顯世子)와 봉림대군(鳳林大君, 후의 효종).
3) 홍익한(洪翼漢), 윤집(尹集), 오달제(吳達濟)의 3학사(三學士).

우리는 여기서 주화론자들의 그 괴로운 심정도 이해해야 한다. 그들이 목숨이 아까워서 화의를 주장한 것이 아니다. 전란의 고통에서 피폐한 백성을 구제하고 치욕을 감수하면서라도 사직을 보존해야 한다는 그런 뜻이 아니었겠는가? 후세의 평가를 생각하면 차라리 싸우다 죽는 것이 마음 편한 일일 수도 있다. 괴로웠을 것이다.

"그 때 나라면 어떻게 했을까?"

나는 목숨을 내놓을 만큼 용기 있는 사람이 못 되니 청나라와 싸우자고 나서지도 못했을 것이다. 나는 치욕을 감수할 만한 국량이 못 되니 화의하자고 나서지도 못했을 것이다. 이 눈치 저 눈치 보아 가며 벼슬자리나 붙들고 앉아 있었을 것이다. 딱한 사람.

이화우(梨花雨) 흩날릴 제

 들길을 달리다가 어느 과수원 앞에 차를 멈추었다. 하얀 배꽃이 소나기처럼 쏟아지고 있었다. 나는 차에서 내려 담배 한 대를 피워 물었다. 옛날 이매창(李梅窓)[1]은 이를 보고 이화우(梨花雨, 배꽃비)라 했다. 나는 이 말을 생각하며 그녀의 시조를 읊었다.

　　이화우(梨花雨) 흩날릴 제
　　울며 잡고 이별한 님,

　　추풍(秋風) 낙엽(落葉)에
　　저도 나를 생각는지.

---

1) 조선 선조 때의 기녀(1573~1610). 본명은 향금(香今), 매창은 그녀의 호. 계생(桂生)이라고도 불린다. 유고집으로 《매창집(梅窓集)》.

천리(千里)에 외로운 꿈만
　　오락가락 하더라.

《청구영언》

　아리따운 한 여인, 이화우 흩날릴 제 울며 잡고 님을 보냈다. 천리 먼 길, 게다가 따라갈 수 없는 무슨 사연도 있었던가 보다. 날이 가고 달이 갔다. 밤마다 그리움으로 애를 태웠다. 꿈 속에서는 혹 더러 만났을까? 어느덧 가을 바람에 낙엽이 진다.
　"저도 나를 생각는지?"
　왜 이런 말을 했을까? 사랑은 묘한 것, 그가 그리워 애가 닳다가도 그도 내가 그리워 애를 태운다면 애닳는 중에도 이상한 안도(安堵)가 있다. 아름다운 이기주의(利己主義).
　사랑이 아무리 아름다운 것이라 하더라도 그것은 그와 내가 똑같이 사랑할 때 그런 것이다. 그렇지 않다면 그 아름답다는 말은 허무한 수사학(修辭學)에 다름 아니다. 흔히 짝사랑의 순수성을 예찬하며 아름답다고 칭송을 하지만, 그러나 그것은 제3자의 예찬이요 칭송이다. 당사자에게는 그보다 더 가혹한 형벌이 없을 것이다.
　배꽃비는 여전히 쏟아지고 있었다.
　나는 잠시 이매창을 생각했다. 그녀는 기녀였다. 기녀는 미천한 신분이다. 그러나 노래와 춤, 거문고에 이르기까지 두루 뛰어난 여인이었다. 시(시조와 한시)는 더 말할 것이 없다. 탁월한 재능이었다.
　그녀는 한 시인[2]과 사랑을 했다. 역시 미천한 신분이었다고 한다. 그러나 둘 사이에는 뜨거운 사랑과 아름다운 시가 있었다. 그리고 그들은 울며 잡고 이별을 했다. 그 사연은 그저 여러분의 짐작에 맡기기로 한다. 이 시조는 혹 그를 그리며 지은 것일까?

탁월한 재능, 뜨거운 사랑, 그러나 이 아리따운 여인은 혈육 한점 남기지 못하고 서른여덟이라는 젊은 나이로 이승을 떠났다. 그녀도 여자이니 아들딸 낳아 기르며 여보 당신 부르고도 싶었으리라. 생각하면 마음이 아프다. 저승에선 좋은 님 만나 외롭지 않게, 이별 없이 한번 오붓하게 살기를, 좋은 시도 지으면서.

시계를 보았다. 떠나야 할 시간이었다. 나는 차에 올라 시동을 걸었다. 공연히 그녀를 혼자 두고 떠나는 것 같아 마음이 무거웠다.

---

2) 유희경(劉希慶) : 조선 선조 때의 시인(1545~1636). 호는 촌은(村隱).

나무도 아닌 것이
五友歌

　일전에 어느 유명 정치인 한 사람이 당을 옮겼다. 그의 말을 들어 보면 그것이 나라의 앞날을 걱정하는 고뇌의 결단인 듯하다. 물론 그것은 그의 자유이므로 그와 별 관계가 없는 내가 왈가왈부할 일은 아니다. 그러나 그가 정말 나라의 앞날을 걱정하며 그리 했을까 하는 의문은 지워지지 않는다. 어떤 편에 서야 내가 유리할까, 이런 계산의 결과가 아닌가 하는 생각이 자꾸 드는 것이다. 나는 신문에서 그의 사진을 보며 윤선도(尹善道)[1]의 시조 한 수를 생각했다.

　나무도 아닌 것이
　풀도 아닌 것이

---

1) 조선 인조 때의 문신, 시인(1587~1671). 호는 고산(孤山). 우리 시조 문학의 대가. 저서로《고산유고(孤山遺稿)》.

곧기는 뉘 시키며

속은 어이 비었는다.

저렇고 사시(四時)에 푸르니

그를 좋아 하노라.

《고산유고(孤山遺稿)》

　이 시조는 지은이의 유명한 〈오우가(五友歌)〉[2] 중의 한 수로 대나무를 읊은 것이다. 지은이는 대나무를 좋아한다고 했다. 무엇을 좋아하든 그것은 그의 자유겠지만 그래도 까닭은 있을 것이다.

　첫째는 나무도 아니고 풀도 아니기 때문이다. 무슨 양비론(兩非論)이 아니다. 한쪽에 치우치지 않는다는 뜻이다. 불편부당(不偏不黨)이다. 나무 편에 서서 풀을 질타하거나 풀 편에 서서 나무를 매도하는 일이 없다. 하물며 형편 보아 가며 다른 편으로 옮기는 일이랴.

　둘째는 대가 곧고 속이 비었기 때문이다. 곧기 때문에 꺾이지 않는다. 그러므로 신념(信念)을 포기하고 훼절(毁節)하는 일이 없다. 속이 비었다는 것은 허심(虛心)이다. 즉, 무욕(無慾)이다. 욕심이 없으므로 제 배만 채우거나 남 위에 군림하려 들지 않는다.

　끝으로 하나는 사시에 푸르기 때문이다. 봄, 여름, 가을,

---

[2] 다섯 벗의 덕을 예찬한 노래. 다섯 벗은 물, 돌, 솔, 대, 달의 다섯. 서수를 포함하여 모두 여섯 수.

겨울 없이 한가지로 푸른 것이다. 어떤 상황에서도 늘 푸른 빛, 불변(不變)의 모습이다. 오늘은 이렇게 변하고 내일은 저렇게 변하는 일은 상상도 할 수 없다. 그러므로 신뢰(信賴)를 받는다.

지금 우리나라의 정치 상황은 여소야대다. 거기다 지난 번 국회의원 보궐 선거에서 여당이 참패를 당했다. 민심이반(民心離反)이라는 말이 여당의 입에서까지 거침없이 튀어나온다. 그렇다면 여당은 당연히 그 이반된 민심을 되돌리기 위하여 합심 전력 투구해야 할 것이다. 그런데 여당의 당적을 가진 어떤 사람들은 크고 작은 다음 선거에 이기기 위하여 당을 옮기려 한다는 소문이다.

아, 대나무 같은 사람은 없을까? 있을 것이다. 우리가 그런 사람을 찾아 시장으로 모시고, 도지사로 모시고, 국회의원, 대통령으로 모실 수 있다면 우리는 얼마나 행복한 백성일까?

가을에 곡식 보니
田家八曲

요즈음 들마다 추수가 한창이다. 콤바인이 지나가면 탈곡까지 되어 나온다. 옛날의 이휘일(李徽逸)[1]은 추수의 감격을 다음과 같이 노래했다. 이는 그의 〈전가팔곡(田家八曲)〉 중 제4곡.

가을에 곡식 보니
좋음도 좋을시고.

내 힘에 이룬 것이
먹어도 맛이로다.

이 밖에 천사만종(千駟萬鍾)을[2]

---

1) 조선 중기의 학자(1619~1672). 호는 존재(存齋). 학행(學行)이 높았다. 참봉에 임명되었으나 부임하지 않았다. 저서로《존재필첩(存齋筆帖)》.

부러 무슴 하리오.

　　　　　　　　　《존재필첩(存齋筆帖)》

　　가을날의 한 농부를 상상해 보자. 지금 낫을 들고 벼를 벤다. 누렇게 잘 익은 벼다. 벼를 베어 단을 묶을 때마다 흐뭇하다. 정말 좋다. 왜 이렇게 좋을까? 내 힘으로 지은 농사이기 때문이다. 벼베기가 끝나면 타작을 하고 벼를 찧는다. 쌀이 백옥 같다. 그 쌀로 밥도 짓고 떡도 하고 술도 빚는다. 다 맛있다. 왜 이렇게 맛이 있을까? 내 힘으로 지은 농사이기 때문이다. 남이 천석 만석(千石萬石)을 거둔다 해도 우리의 주인공은 부럽지가 않다.

　　나도 옛날 들에서 벼를 벤 일이 있다. 끝없이 푸른 하늘 아래 메뚜기 튀는 그 들. 낫질을 하느라면 눈도 뜰 수 없게 땀이 흘렀다. 허리도 아팠다. 그러나 마음은 흐뭇하기만 했다. 우리 가족의 힘으로 지은 우리 농사여서 그랬을 것이다. 점심은 기름 자르르르 흐르는 흰 쌀밥에 배추절이 척척 걸치고 거기다 막걸리 한 대접 죽 들이키면 세상은 정말 살 만했다.

　　자, 다시 위 시조로 돌아가 보자. 이 시조의 핵심은 '내 힘에 이룬 것이'라는 말에 있다. 그래서 보기도 좋고 맛도 있다는 것이다. 다음은 내가 이 시조를 읽고 쓴 독후감의 일부이다.

---

2) '사(駟)'는 네 필의 말, '종(鍾)'은 열 가마. 그러니까 수많은 말이 실어 나르는 엄청난 양의 곡식이라는 뜻.

비단 농사만이겠는가? 사소한 일 하나라도 제 힘으로 성취했을 때 거기 보람이 있는 것이다. 땀 흘려 내가 번 돈 만 원과 우연히 생긴 돈 만 원은 그 무게가 다르다. 그런데 어쩌다 지금은 제 힘 안 들이고 곡식만 얻으려는 사람이 그리도 많은가?

졸저,《고전시를 읽는 즐거움》

이 글은 이쯤에서 끝내는 게 좋을 것 같다. 그런데 콤바인을 모는 농부들의 모습이 자꾸만 눈에 밟힌다. 그들은 추수를 하면서도 별로 좋은 줄을 모른다. 내 힘으로 이룬 것인데 왜 그럴까? 쌀이 남아도는 것이다. 정부의 수매는 어떠할지 쌀값은 제대로 받을지 걱정 아닌 것이 없다. 이 글을 쓰는 나도 우울하기만 하다.

청석령(靑石嶺) 지나거냐

한잔 얼큰히 하고 우리 동네 지하철역에 내렸다. 집까지는 10분거리, 바람은 차게 불고 궂은비는 질척거렸다. 우산도 없었다. 그럴 때 감상에 젖어 시 한 수 중얼거리는 것이 내 버릇이다.

청석령(靑石嶺) 지나거냐,
초하구(草河溝) 어드메오.[1]

호풍(胡風)도 차도찰사
궂은비는 무슴 일꼬.

뉘라서 내 행색(行色) 그려 내어
님 계신 데 드릴꼬.

《청구영언》

---

1) 심양으로 가는 길 어디쯤의 지명.

하필이면 이 시조가 생각났을까? 바람 차게 불고 비 질척거려서 그랬을까? 손수건 하나로 머리를 가리고 천천히 걸었다. 청(淸)나라에 볼모로 잡혀 가는 두 왕자의 가여운 모습이 눈앞에 어른거렸다. 소현세자(昭顯世子)와 봉림대군(鳳林大君), 이 시조는 봉림대군이 지은 것이다. 봉림대군은 병자호란(丙子胡亂)의 국치(國恥)를 겪은 인조의 둘째 아드님으로 형인 소현세자가 일찍 죽어 임금이 된 분이니 바로 효종(孝宗)[2]이다. 볼모로 잡혀 가며 이 시조를 지을 때의 그의 나이 겨우 열일곱이었다.

병자호란, 왕자는 지금 형인 세자와 함께 청나라 심양(瀋陽)으로 잡혀 가고 있다. 청석령은 언제 지났으며, 초하구는 또 어디인가? 한 번도 지나 본 일 없는 낯선 그 길, 두렵다. 오랑캐 땅에 바람이 차다. 몸과 마음이 함께 춥다. 암담한 미래처럼 궂은비가 내린다. 뉘라서 나의 이 모습을 그려다 부왕(父王) 계신 곳에 드릴까? 아버지를 그리는 왕자의 외로운 모습이 붓끝에 슬프다.

왕자는 청나라에 8년 동안 잡혀 있다가 돌아와 왕위에 올랐다. 왕위에 오른 그는 병자호란의 국치를 씻고자 김상헌(金尙憲), 송시열(宋時烈) 등 유능한 인재를 중용하여 북벌계획(北伐計劃)을 세웠다. 군제를 개편하고 군사 훈련을 강화하는 한편, 우리나라에 표류해 온 화란인 하멜(Hamel)로 하여금 서양식 무기를 제조하게도 했다. 그러나 뜻을 이루지

---

2) 조선 제17대 임금(1619~1659). 이름은 호(淏), 호는 죽오(竹悟). 이 시조 이외에도 몇 수가 더 전한다. 많은 치적을 남겼다.

못하고 갔다. 그는 많은 업적을 남겼지만 그 국치의 한을 풀지 못했다. 안타깝다.

바람은 계속 차고 비는 여전히 질척거렸다. 머리를 가린 손수건에서 빗물이 떨어졌다. 지금 우리나라가 가는 길이 혹 이렇지는 않은가, 문득 이런 생각이 든다. 정치는 싸움판이고, 경제는 바닥이다. 사회는 질서를 잃었다. 교육도 바람 잘 날이 없다.

우리 집 골목으로 들어설 때였다. 갑자기 찬바람이 잤다. 젖은 손수건으로 얼굴을 닦고 하늘을 우러렀다. 어느 새인지 구름이 걷히고 푸른 별 몇 개가 빛났다. 고맙고 고마웠다.

바람에 휘었노라

산을 오르노라면 이따금 허리 굽은 솔을 만나게 된다. 그 솔들은 늘 제자리에 서 있다. 무슨 생각을 하며 그렇게 서 있을까? 옛날 인평대군(麟坪大君)[1]은 그런 솔을 보고 다음과 같이 읊었다.

바람에 휘었노라,
굽은 솔 웃지 마라.

춘풍(春風)에 핀 꽃이
매양(每樣)에 고우랴.

풍표표(風飄飄) 설분분(雪紛紛)할 제야

---

1) 조선 인조의 셋째 아드님(1622~1658). 호는 송계(松溪). 서화에 뛰어나고 제자백가(諸子百家)에 정통했다. 저서로《송계집(松溪集)》.

나를 부러리라.[2]

《청구영언》

　산 오르는 길 어디쯤, 굽은 솔 한 그루를 그려 보자.
　미끈하게 솟은 솔이 아니고 허리 굽은 그 솔, 보기에 따라서는 퍽도 초췌한 모습일 수도 있을 것이다. 지금 봄꽃들이 그 솔을 비웃고 있다.
　"흥, 바람에 휘었군. 못생기긴, 원."
　바야흐로 봄이 한창이다. 봄꽃들의 세상이다. 세상 만난 봄꽃들의 눈으로 보면 초췌하게 허리 굽은 솔은 못난 것일 수밖에 없을 것이다. 그는 그 비웃는 소리를 들으며 무슨 생각을 했을까?
　"봄바람에 핀 꽃이 매양 고울까? 칼바람 회오리치고 흰 눈 퍼부울 제면, 너희 나를 부러워하리라."
　굽은 솔도 솔은 솔이다. 솔은 북풍에 눈보라쳐도 잎이 지지 않는다. 그러나 봄 한 철 지나면 다 지고 마는 봄꽃들이 굽은 솔의 이 속생각을 짐작이나 할까? 지금 한창 저희들 세상인데.
　문득 옛날 이야기 한 토막이 생각난다.
　조선 중종 때의 일이다. 김안로(金安老)가 정권을 장악하여 비록 종친(宗親)에 공경(公卿)일지라도 정적(政敵)이면 축출하고 살해하기를 마지 않았다. 봄철의 봄꽃처럼 온통 제 세상이었다. 그는 정승 정광필(鄭光弼)을 무고(誣告)로 귀양

---

2) 나를 부러워하리라.

시조時調　175

보낸 뒤

"공(公)이 풀리기 어려울 것 같으니 차라리 자결하시오"
하는 편지를 써 보냈다. 얼마나 깔보았으면 이런 편지를 보냈을까? 초췌하고 못생긴 굽은 솔쯤으로 보았을까? 그러나 정광필은

"내게 죄가 있으면 조정에서 법에 따라 죽일 것이다. 사생(死生)이 유명(有命)인데, 김안로가 어찌 능히 나를 죽인단 말이냐?"

하고 태연했다.[3] 그는 바람에 상처는 입었지만 여전히 솔이었다. 마침내 김안로는 사약(賜藥)을 받고 정광필은 다시 조정에 돌아왔다. 풍표표 설분분할 제 김안로는 정광필이 얼마나 부러웠을까?

우리는 굽은 솔을 볼 때 그 허리 굽은 외양에 치우쳐 그것이 솔이라는 사실을 잊을 때가 많다. 특히 철없는 봄꽃들이 그렇다. 그러기 때문에 함부로 남을 비웃게 되는 것이다.

---

3) 임보신(任輔臣), 《병진정사록(丙辰丁巳錄)》 참조.

동창(東窓)이 밝았느냐

"지도자는 어떤 사람이어야 할까?"

나는 지도자로 나설 사람이 못 되니 이런 질문은 나하고 잘 어울리지 않는다. 그러나 좋든 싫든 그 지도자라는 사람들의 영향 아래 살 수밖에 없으니, 이것이 아주 무의미한 질문은 아닐 듯도 하다. 나는 오늘 남구만(南九萬)[1]의 시조 한 수를 읽으면서 잠시 이 문제를 생각했다. 옛날 농촌의 새벽을 그린 시조다.

동창(東窓)이 밝았느냐,
노고지리[2] 우지진다.

소 치는 아이들은

---

1) 조선 숙종 때의 문신(1629~1711). 호는 약천(藥泉). 문장과 글씨, 그림에 두루 뛰어났다. 저서로 《약천집(藥泉集)》.
2) 종달새(종다리)의 옛말.

상기 아니 일었느냐.

재너머 사래 긴 밭을[3]
언제 갈려 하느니.

《청구영언》

농촌 어느 집에 동창이 밝았다. 노고지리가 우짖는다. 날이 겨우 훤한 새벽이다. 언제 일어났는지 주인 영감이 장죽(長竹)을 물고 마당으로 나온다. 그런데 소 치는 아이들(머슴들이라 생각해 두자)은 기척이 없다. 그래 사랑을 향해 노인이 소리를 친다.
"이놈들아, 노고지리 우짖는 소리도 안 들리느냐? 재너머 사래 긴 밭은 언제 갈려고 아직도 잠이냐? 원 이렇게 게을러서야."
소 치는 아이들은 꿈 속에 이 소리를 듣고 잠에서 깬다. 벌써 날이 샜는가? 어제도 온종일 들에서 일을 했다. 뼈마디가 쑤신다. 한숨 더 자게 내버려 두지 않고 왜 저 야단인가? 주인 영감이 원망스럽다. 그러나 먹고 살자니 어떡하는가? 일어날 수밖에.
자, 주인 영감을 한번 살펴보자.
그는 새벽이 온 것을 제일 먼저 알고 소 치는 아이들보다 훨씬 더 먼저 일어났다. 그가 만일 새벽이 온 것을 깨닫지 못했다면 어찌 되었을까? 소 치는 아이들을 깨우기는 고사하

---

3) 밭고랑 긴 밭.

고 자신도 일어나지 못했을 것이다. 그러면 농사는 어찌 되겠는가?

설령 일어났다 하더라도 소 치는 아이들을 깨우지 못했거나 깨웠다 하더라도, 오늘은 재너머 사래 긴 밭을 간다는 목표를 제시하지 못했다면 어찌 되었을까? 소 치는 아이들은 깊은 잠에 빠졌거나 무얼 할지 몰라 하품이나 했을 것이다.

한 가지 더 생각해 보자. 늦으막이 일어난 주인 영감이 이웃집 영감과 삿대질이나 한다면 어찌 될까? 그들은 소도 서로 빌려 주며 함께 살아야 할 이웃인데 사사건건 안 부딪치는 일이 없다. 소 치는 아이들은 또 이웃집 그 영감네 아이들과 끊임없이 싸운다. 재너머 사랜 긴 밭에 잡초가 무성해도 그들은 모른다. 딱한 일이다.

"지도자는 어떤 사람이어야 할까?"

감장새 작다 하고

"제까짓 게 뭔데 사람을 얕봐?"

뭘 좀 안다고 남을 얕보는 사람을 보면 이런 말이 튀어나온다. 뭘 좀 가졌다고 남을 얕보는 사람을 볼 때도 그렇다. 그러나 정말 아는 사람은 남을 얕보면 안 된다는 것을 알기 때문에 그러는 일이 없다. 정말 가지는 사람은 그것이 자기 것이 아니라, 하늘의 것이라는 것을 알기 때문에 역시 그러는 일이 없다. 그들은 늘 겸손하다. 옛날 이택(李澤)[1]은 대붕(大鵬)[2]을 보고 이렇게 말했다.

감장새 작다 하고
대붕아 웃지 마라.

---

1) 조선 숙종 때의 무신(1651~1719). 자는 운몽(雲夢).
2) 《장자(莊子)》에 나오는 상상적인 새.

구만리(九萬里) 장천(長天)을
너도 날고 나도 난다.

두어라, 일반(一般) 비조(飛鳥)이니
네오 내오 다르랴.

《청구영언》

이 시조의 '감장새'는 빛이 검은 아주 작은 새다. 그러니까 큰 새에게 얕보일 법도 한 새다. '대붕'은 날개가 하늘을 가린다는 아주 큰 새다. 그러니까 감장새쯤 얕볼 법도 한 새다. '구만리 장천'은 아주 높고 먼 하늘이다. 감장새는 날기 어렵고 대붕은 날기 쉬운 하늘로 보이겠지만, 그러나 감장새도 잘 난다. '일반 비조'란 다 같은 나는 새라는 말이니, 너와 내가 다를 게 없다는 뜻이다.

"감장새 작다 하고 / 대붕아 웃지 마라."

지은이가 대붕을 보고 이렇게 말한 뜻은 위의 낱말풀이로써 자명할 것이다. 일반 비조라는 똑같은 자격, 구만리 장천도 대붕과 다름없이 날 수 있다는 똑같은 능력, 그러니 감장새가 몸집이 작다해서 비웃어서는 안 된다는 것이다.

그럼 같은 자격, 같은 능력이 아니면 괜찮을까? 아닐 것이다. 우선 무얼 좀 안다고 남을 얕보는 경우를 생각해 보자. 대체 그가 안다는 것이 얼마나 되는가? 그러나 더 중요한 것은, 사람은 지식만 가지고 세상을 사는 게 아니라는 사실이다. 나는 송강(松江)의 시조를 줄줄 외지만 대패질은 못 한다. 우리 동네 김 목수는 송강을 강 이름으로 알지언정, 대패

질은 탁월하다. 내가 만일 송강 몇 줄 안다고 김 목수를 얕본 다면 그는 아마 껄껄 웃을 것이다.

  무얼 좀 가졌다고 남을 얕보는 경우는 어떨까? 좀 가졌다는 것은 부모의 유산일 수도 있고, 뜻밖의 횡재일 수도 있고, 본인이 노력한 결과일 수도 있다. 그런데 그 들고 나는 것, 흥하고 망하는 것을 보면 그것은 분명 하늘의 뜻이다. 그렇다면 하늘이 그에게 재물을 줄 때 그것으로 못 가진 사람 얕보라고 그리했을까? 만일 좀 가졌다고 남을 얕본다면 하늘은 도로 거두어 갈 것이다.

  무얼 좀 안다고, 무얼 좀 가졌다고 남을 얕보아서는 안 된다. 세상의 많은 대붕들이여, 갑장새든 메추리든 몸집 작다고 얕보지 말라.

글도 병(病)된 일 많고

어느 정치인 한 사람이 장관이 되었는데 임명된 지 얼마 안 가 경질되었다. 까닭은 잘 모르겠다. 그러니까 장관으로서의 그의 역량은 채 검증도 받기 전에 바뀐 것이다. 그런데 내가 보기에 그는 그의 경력으로 보아 그 자리에 적격한 사람이 아니었다. 그 자리는 고도의 전문성을 요구하는 곳이다. 그러므로 그는

"내가 앉을 자리가 아닙니다"

하고 앉지 말았어야 한다. 나는 그가 임명장을 받는 장면을 텔레비전으로 보면서 김수장(金壽長)[1]의 시조 한 수를 생각한 일이 있다.

글도 병(病)된 일 많고

---

1) 조선 숙종 때의 가인(歌人), 시조 작가(1690~?). 호는 노가재(老歌齋). 편저로 시조집《해동가요(海東歌謠)》.

칼도 험(險)한 일 있셰.

이 두 일 말자 하여
이 몸이 편(便)차 하면²⁾

성주(聖主) 지극(至極)한 은덕(恩德)을³⁾
어이 갚자 하리오.

《해동가요》

이 시조의 '글'은 문신(文臣)의 길, '칼'은 무신(武臣)의 길을 뜻한다. '성주'는 거룩한 임금이라는 뜻이지만 지금은 민주주의 시대이니 국가라는 뜻 정도로 이해해 두자.

사실 문신의 길도 어렵고 무신의 길도 어렵다. 임진왜란의 경우 한 예만 들어 보자. 문신 유성룡(柳成龍) 대감은 굶어 죽어 가는 백성들을 바라보며 가슴이 미여졌으며, 무신 이순신(李舜臣) 장군은 어떻게 왜적을 퇴치할까 한숨으로 밤을 지새웠다. 비단 유성룡 대감과 이순신 장군 뿐이었겠는가? 문신과 무신의 자리는 누구나 다 오르고 싶어하는 높은 자리지만, 개중에는 그 자리가 너무 힘들어 떠나려고 하는 사람도 있었을 것이다. 이 시조는 그들에게 말한다.

"제 몸 편코자 그 일을 그만둔다면 임금의 지극한 은덕은 어떻게 갚겠느냐? 병되고 험한 일일지라도 받들어 해라."

---

2) 내 몸이 편고자 하여 문신과 무신의 이 두 가지 일 그만둔다면.
3) 국가의 혜택을 생각할 일.

그러나 그 자리가 힘든 줄 알고 떠나겠다면 그는 오히려 양심적인 사람일 것이다. 그런 사람이야말로 오히려 높은 자리에 앉혀야 하지 않을까 싶다. 그들이 좀 덜 힘들게 일할 수 있도록 임금이 조금만 배려해 준다면, 그들은 임금의 은혜를 갚고도 남을 것이다. 그런데 세상에는, 자기가 맡은 일이 힘든지 어떤지 모르는 사람도 많다. 그들은 그저 높은 자리에 올라앉는 것이 최고의 목표다. 힘은 더 높은 자리에 올라가는 데 쓰면 된다. 그 밖엔 목에 힘주고 떵떵거리기나 하는 그들이 무슨 임금의 은덕을 갚겠는가?

문신의 길도 어렵고 무신의 길도 어렵다. 아무나 차지하려고 해서도 안 되고, 아무에게나 내주어서도 안 되는 어려운 자리다.

강호(江湖)에 노는 고기

 오늘 오후 좀 무료해서 이 책 저 책 뒤적이다가 한 낚시꾼(직업은 의사)의 수필 한 편을 읽었다. 그는 그 동안 잡아다 연못에 기른 붕어들을 놓아 보내려고 한다. 그런데 고민이다. 어디다 방생(放生)을 하나? 자, 그의 말을 들어 보자.

 한강? 그 폐수 속에? 저수지? 가물치, 메기, 끄리, 뱀장어 같은 육식 어종이 득실거리는 그 속에서 과연 배겨날까? 더욱이 고도의 낚시 기술을 몸에 익힌 약아빠진 낚시꾼들이 어디에나 웅크리고 앉아서 묘한 속임수를 부리고 있는데, 이 어리숙한 놈들을 풀어놓아 주면 아마 열흘도 못 가서 모조리 낚여 버릴 것이다.
한형주(韓炯周), 〈연못 속의 붕어〉

 더구나 이 붕어들은 그가 잡아다 연못에 기른 지 오래 되어 이미 야생 능력을 잃은 놈들이라고 한다. 나는 이 글을 읽으면서 옛날 이정보(李鼎輔)[1]의 시조 한 수를 생각했다.

강호(江湖)에 노는 고기
즐긴다 부러 마라.[2]

어부(漁夫) 돌아간 후
엿나니 백로(白鷺)로다.

종일(終日)을 뜨락 잠기락
한가(閑暇)한 때 없어라.

《병와가곡집》

 강이나 호수에 사는 물고기 한 마리를 상상해 보자. 우리가 어렸을 때 손뼉치며 쫓던 피라미를 생각해도 좋다. 이리저리 마음대로 물 속을 헤엄친다. 사람들의 눈에는 퍽도 즐겁게 노는 모습으로도 보일 법하다. 혹 이런 물고기가 부러운 사람도 있을지 모른다.
 그러나 물고기로 보면 그것은 즐거운 놀이가 아니다. 물에서의 생존을 위한 끝없는 싸움이다.
 "어부의 미끼에 속으면 안 된다."
 미끼에 속아 낚시 바늘을 물면 영락없이 죽는다. 참으로 미끼는 교묘하다. 속기 쉽다. 마침내 어부가 돌아간다. 후유,

---

1) 조선 영조 때의 문신(1693~1766). 호는 삼주(三洲). 시조와 한시, 글씨에 두루 뛰어났다. 78수의 시조가 전한다.
2) 즐겁게 노는 것으로 알고 부러워하지 마라.

이젠 살았다. 그러나 아니다. 백로가 엿보고 있다.
"백로의 부리를 조심해라."
백로의 부리에 찍히면 곧 죽음이다. 백로의 부리는 날쌔다. 피하기 어렵다. 어부가 돌아갔다고 해서 안심할 일이 아닌 것이다.
사뭇 긴장의 연속이다. 도처에 위험이다. 종일 떴다 잠겼다 쉴 틈이 없다. 최근에는 폐수까지 흘러들어 물고기 한 마을이 몰살을 당하기도 한다. 사람도 때때로 어부를 만난다. 어찌어찌 피하고 보면 또 백로가 엿보고 있다. 그러니 물고기도 사람 부러워할 것 없다.

기러기 다 날아가고

　영문학을 공부하는 내 후배 교수 한 사람이 공부 좀 더 해 보겠다고 미국엘 갔다. 그런데 1년도 채 안 되어 돌아왔다. 내가 그 까닭을 물었더니 그가 말했다.
　"늙으신 부모님 늘 걱정이고 밤마다 아이들 얼굴이 눈앞에 어른거려서 책도 못 읽겠어요. 달 뜬 밤 기숙사 앞 뜰을 거니노라면 내가 왜 여길 와서 이 짓을 하는가, 고국에서도 얼마든지 할 수 있는 공부 아닌가, 별 생각이 다 듭디다."
　내가 또 물었다.
　"마누라 생각은 안 나던가?"
　그는 대답 없이 껄껄 웃었다.
　나는 외국에 공부하러 가 본 일은 없지만, 다른 일로 한두 주일씩 다녀온 일이 있다. 그럴 때도 시골에 계신 부모님 걱정스럽고, 아내와 아이들이 보고 싶었다. 하물며 몇 년씩 가 있는 사람임에랴.
　나는 그의 얘기를 들으면서 조명리(趙明履)[1]의 시조를 생각했다.

기러기 다 날아가고
서리는 몇 번 온고.

추야(秋夜)도 김도길사,
객수(客愁)도 하도하다.

밤중만 만정명월(滿庭明月)이[2]
고향(故鄕)인 듯하여라.

《해동가요》

　기러기 다 날아가고 서리도 몇 번을 왔으니 깊은 가을이다. 깊은 가을은 밤이 길다. 더구나 잠 못 드는 나그네의 가을밤은 더더욱 길다. 그 밤이 긴 것처럼 나그네의 향수도 끊임이 없다. 뜰에 나서 본다. 뜰 하나 가득이 달빛이다. 고향에서 보던 그 달빛이다. 그 달 위에 부모님과 아내와 아이들의 모습이 겹친다.
　내 후배 교수가 1년도 채 못 되어 돌아온 것을 잘한 일이라고 할 생각은 없다. 영문학 공부라면 그래도 본토가 더 나으려니 싶어서 떠난 길 아니었는가? 그러나 그가 돌아온 것을 내가 나무랄 수 없는 것은 사람의 상정(常情)이라는 것을

---

1) 조선 영조 때의 문신(1697~1756). 호는 도천(道川). 문장으로 이름이 있고, 글씨도 잘 썼다. 저서로 《도천집(道川集)》.
2) 뜰 하나 가득한 밝은 달(달빛). 향수의 매체.

알기 때문이다. 더구나 그는 별 걱정 없는 20대의 학생이 아니라, 시골에 노부모님 모시고 서울에 처자식 거느리는 걱정 많은 50대 아닌가?

　이렇게 쓰고 보니 집을 떠나 멀리 가 있는 사람들이 눈앞에 어른거린다. 회사의 일로 멀리 가 있는 사람, 공무로 멀리 가 있는 사람, 그들도 밤마다 향수에 잠을 못 이룰 것이다. 아니, 꼭 먼 나라만이겠는가? 돈 벌러 서울 간 순이, 총 잡고 전방에 선 돌이, 달이 안 밝아도 향수에 젖을 것이다.

　오늘은 우리 편지 좀 쓰자. 함빡 웃는 가족들의 사진도 함께 넣자. 그리고 즐거운 이야기를 좀 길게 쓰자. 그러면 받아 보는 사람들의 걱정과 그리움을 그래도 조금은 달래 주지 않겠는가?

금준(金樽)에 가득한 술을

 동산에 달 오를 무렵 어디 뒷산 바위 위에라도 올라앉아 술 한잔 했으면. 오늘 우연히 정두경(鄭斗卿)[1]의 시조 한 수를 읽다 문득 이런 생각이 났다. 그도 나만큼이나 술을 좋아했던 모양이다.

　　금준(金樽)에 가득한 술을
　　슬카장 거후로고,

　　취(醉)한 후 긴 노래에
　　즐거움이 그지없다.

　　아희야, 석양(夕陽)이 진(盡)타 마라.

---

1) 조선 인조 때의 문신(1697~1673). 호는 동명(東溟). 시문과 글씨에 두루 뛰어났다. 저서로《동명집(東溟集)》.

달이 좇아 오노매라.

《청구영언》

자, 시조 속으로 들어가 보자.

'금준'은 술동이를 아름답게 일컫는 말이다. 잔[杯]이 아니라 동이[樽]이니 꽤 많은 술이다. '슬카장 거후로고'는 실컷 기울였다는 뜻이다. 그러니 적잖이 취했을 것이다. 어디서 취했는지는 알 수 없지만, 동산이 마주 보이는 뒷산 바위쯤이 아닐까 싶다. 지은이는 이제 노래 한 가락 길게 부른다. 즐거움이 그지없다.

유하주(流霞酒)[2] 가득 부어 달더러 물은 말이
영웅(英雄)은 어디 가고 사선(四仙)은 긔 뉘러니.

정철(鄭澈),〈관동별곡(關東別曲)〉

'아희야'는 아이를 부르는 소리다. 아이는 물론 시중드는 아이다. 해는 넘어가는데 주인 양반은 일어날 줄을 모른다. 그래 말했다.
"석양이 집니다요."
허나 주인 양반은 태연하다.
"그런 소리 말아라. 저기 달 떠오르지 않느냐?"
아이는 주인 양반 업고 밤길 내려갈 걱정이 태산 같았을 것이다.

---

2) 신선이 마신다는 좋은 술. 신선주.

자, 이젠 지은이 좀 생각해 보자. 이 시조대로라면 그는 밤낮 없이 술에 취하여 노래나 부르는 사람이다. 나도 술은 꽤 좋아하지만 이런 사람에게 높은 점수 줄 생각은 전혀 없다. 이것은 퇴폐에 다름 아닌 것이다.

그런데 지은이는 일찍이 교리(校理)로서 풍시(諷詩) 20편을 지어 올려 효종(孝宗)으로부터 호피(虎皮)를 하사받았고, 현종(顯宗)때는 홍문관제학(弘文館提學), 예조참판(禮曹參判) 등에도 임명되었다(노환으로 취임하지는 않았다). 후에는 대제학(大提學)에 추증(追贈)되었는데, 이것이 때없이 술에 취하여 노래나 부르는 사람에게 있을 수 있는 일이겠는가? 바랄 수 없는 일이다.

이것은 공부 부지런히 하고, 일 열심히 하고, 그리고 하루 쉬는 어느 날의 일일 것이다. 아무 한 일도 없이 술에 취하여 노래나 부른다면 거기 무슨 즐거움이 그지없겠는가? 좀 창피하다.

잘 가노라 닫지 말며

"잘 가노라 닫지 말며."

아내를 옆에 태우고 좀 먼 나들이라도 갈 때면 문득 김천택(金天澤)[1]의 이 시조 한 구가 떠오른다. 자신에 대한 경고다. 가속 페달을 마구 밟고 싶은 유혹이 일 때도 이 한 구가 떠오른다. 역시 자신에 대한 경고다. 나는 천천히 차를 몰며 더러는 이 시조를 외기도 한다. 초등학교 때 배운 것이지만 아직도 또렷하다.

잘 가노라 닫지 말며
못 가노라 쉬지 말라.

부디 긋지 말고[2]

---

[1] 조선 영조 때의 가인(歌人), 시조 작가. 호는 남파(南坡). 창곡(唱曲)에 뛰어나고 시조도 잘 지었다. 편저로 시조집《청구영언》. 시조 정리와 후진 양성에 크게 공헌했다.

촌음(寸陰)을 아껴 쓰라.

가다가 중지(中止) 곧 하면
아니 감만 못하니라.

《해동가요》

지금 많은 사람들이 길을 가고 있다. 그들의 목적지는 다 서울이다. 가장 안전하게 그리고 가장 빨리 서울에 닿는 것이 그들 모두의 바람이다. 부산에서 떠난 사람이든 목포에서 떠난 사람이든 또 어디서 떠난 사람이든 다 마찬가지일 것이다.

그런데 잘 간다고 마구 달리다가 지쳐 쓰러지는 사람이 있다. 그래서 이 시조는 '잘 가노라 닫지 말며'라 한다. 못 간다고 쉬다가 탈락하는 사람도 있다. 그래서 이 시조는 '못 가노라 쉬지 말라' 한다. 그들은 결국 서울에 닿지 못한다.

'긎지 말고' 가야할 먼 서울길에 해찰하는 사람도 있다. 짧은 시간이라고 해서 가벼이 여기고 무심히 낭비하는 사람도 적지 않다. 머잖아 해는 지는데 그들은 언제 서울에 닿을까? 그래서 이 시는 그들에게 간곡하게 말한다. '촌음을 아껴 쓰라'고.

중도에 아예 그만두는 사람도 있다. 멀고 험한 서울길이 너무 힘들어서 그럴 것이다. 그러나 힘 안 들이고 갈 수 있는 편한 서울길이 어디 있겠는가? 꿈에도 그리던 서울이었지만 이제 그들에겐 서울이 없다. 처음부터 '아니 감만 못'한 길

---

2) 그치지 말고.

이었다.

 우리는 누구나 서울을 꿈꾸며 산다. 학문을 하든 사업을 하든 또 무엇을 하든 자신의 서울에 닿는 것이 그 꿈이다. 그렇다면 어떻게 해야 가장 안전하게, 그리고 가장 빨리 그 꿈을 이룰 수 있을까? 문득이라도 이런 물음이 떠오르면 이 시조를 외어 보자. 자기 인생의 창 밖에 낙엽이 흩날릴 때가 되면 외어도 만회하기 어렵다.

 나는 어려서 이 시조를 배웠고 자라면서도 또렷하게 외었다. 그러나 그것은 다 건성이었고 지금은 차를 천천히 몰라는 경고로나 받아들인다. 이 시조가 차 운전이 아니라 내 인생 전 과정에 대한 경고라는 것을 나는 일찍이 깨닫지 못했다. 일찍이 깨달았더라면….

옥분(玉盆)에 심은 매화(梅花)

초등학교밖에 나오지 않은 한 시골 처녀가 서울에 와 미용사로 일하며 이웃에서 자취를 하는 어느 가난한 대학생과 사랑을 나누었다. 둘은 앞날을 굳게 맹세했다. 대학생은 처녀가 번 돈으로 공부를 계속해서 박사가 되고 교수가 되었다. 그들의 결혼 생활은 그지없이 행복했다. 주부가 된 그녀는 자기가 사모님으로 불린다는 것이 도무지 믿기지 않았다. 그런데 어느 날 남편이 이혼을 하자고 했다. 오늘 아침 신문에서 읽은 이야기다. 나는 그녀가 얼마나 황당했을까, 이런 생각을 하면서 김성기(金聖器)[1]의 시조 한 수를 외었다.

옥분(玉盆)에 심은 매화(梅花)[2]
한 가지 꺾어 내니,

---

1) 조선 영조 때의 음악가. 호는 어은(漁隱). 본래 궁인(弓人)이었으나 활을 버리고 음악의 길을 걸었다. 시조에도 능했다.
2) 매화를 사람으로 생각할 일. 꼭 여인으로 생각할 것은 없다.

꽃도 곱거니와
암향(暗香)이 더욱 좋다.

두어라, 꺾어 왔거니
버릴 줄이 이시랴.

《병와가곡집》

　화분에 심은 매화 한 가지를 꺾어 내니, 꽃도 곱거니와 그윽히 풍기는 향기가 더욱 좋다. 아니, 꽃도 곱고 향기도 그윽해서 자신도 모르는 사이에 꺾었을 것이다. 그런데 종장(終章)이 좀 싱겁다. 기왕에 꺾은 것이니 버리지 않겠다? 적어도 우리가 신의(信義)를 존중한다면 이것은 너무도 당연해서 오히려 싱거운 말이다. 그렇다면 지은이는 왜 이런 말을 했을까? 버리는 사람, 좋다 좋다 하다가 신의 없이 버리는 사람이 너무 많아서 그런 것은 아니었을까?

　앞에 말한 그 교수는 그 동안 어느 여자 조교와 사랑을 하게 되었는데, 지금은 헤어질 수 없는 처지라고 했다. 여인은 곧 학교를 찾아가 그 여자 조교를 만났다. 그러나 여자 조교는 태연한 모습으로 자기는 포기할 수 없으니 그 쪽에서 단념하라고 했다. 신문은 여기까지만 보도했으므로 그 후의 일은 알 수 없다.

　토사구팽(兎死狗烹)이라는 말이 있다. 토끼가 죽으면 개는 삶아 먹힌다는 뜻이다. 개를 가지고 토끼 사냥을 하는 사람은 토끼를 잡으면 개가 소용 없게 되니까 그 애쓴 개를 삶아 먹는다. 신의라고는 털끝만치도 없는 사람이다. 그 개는 얼마나 허망했을까? 그 교수라는 사람, 이제 박사 되고 교수 되고 예쁜 여자 조교 있으니까 지난날 그리도 애쓴 아내를 버리겠다 한다. 세상에 이런 배신(背信)이 또 어디 있을까? 그리고서도 마음 편히 살 수 있을까?

내가 꺾은 꽃이 언제나 곱고 향기로운 것은 아니다. 때로는 짐스러울 경우도 있을 것이다. 그럴 때 우리는 신의라는 것을 생각하며 자신의 눈과 코를 다시 점검해 보자. 나는 그 교수가 여지 조교를 잘 설득하고 그의 부인에게로 돌아가기 바란다. 어떤 아내인데 버리겠다는 말인가? 부인이 헤어지자 해도 붙잡아야 할 당신 아닌가?

땀은 듣는 대로 듣고
農家九章

가기 싫어, 가기 싫어. 조밭 매러 가기 싫어.
쇠털같이 많은 날에 조밭 매러 가기 싫어.

내가 어렸을 때 산골에서 배운 노래다. 나는 오늘 낮 혼자 이 노래를 흥얼거리며 우리 집 뜰의 잡초를 맸다. 땡볕이었다. 풋고추에 고추장 꾹 찍어 막걸리도 한잔씩 했다. 옛날 내가 밭 매던 들이 눈앞에 펼쳐졌다. 그 때는 어려서 못 얻어먹은 막걸리지만, 지금 내가 다시 그 들엘 가 밭을 맨다면 지나다 들리는 나그네도 한 사람쯤 있을 것이고, 그러면 나는 그늘 좋은 밭둑에 앉아 그와 한잔 할 것 같았다. 위백규(魏伯珪)[1]의 〈농가구장(農家九章)〉[2]이 생각났다.

---

1) 조선 정조 때의 학자(1727~1798). 호는 존재(存齋). 천문, 지리, 산수 등 다방면에 통달했다. 저서로 《정현신보(政弦新譜)》.
2) 농촌의 노래 9장. 여기 보인 것은 제4수.

땀은 듣는 대로 듣고
볕은 쬘 대로 쬔다.

청풍(淸風)에 옷깃 열고
긴 파람 흘리 불 제[3]

어디서 길 가는 손님네
아는 듯이 머무는고.

《삼족당가첩(三足堂歌帖)》

여름날의 들이다.

한 농부가 밭을 매고 있다. 땀은 눈도 못 뜨게 쏟아지고 햇볕은 불소나기처럼 퍼붓는다. 팔도 아프고 허리도 끊어진다. 그 때 저쪽 녹음 속에서 한 무더기의 맑은 바람이 불어 온다. 허리를 펴고 옷깃을 연다. 아, 이렇게 시원할 수도 있는가? 휘파람이 절로 나온다. 거침없는 긴 휘파람에 뼈마디 쑤시는 고달픔을 잊는다.

그 때 지나가던 나그네 한 사람이 다가와 밭둑에 앉는다. 그도 땡볕 속에 밭 매는 농부일 것이다. 그래서 동류의식(同類意識)을 느끼고 아는 사람인 듯 다가와 앉았을 것이다. 사이참이란 그럴 때 오는 것이다. 한잔 따라 주어도 별로 아까울 게 없고, 한잔 얻어먹어도 크게 미안할 게 없는 그 옛 들, 그들은 세월 이야기를 안주삼아 막걸리 한잔 시원히 했을 것

---

[3] 긴 휘파람 흐르듯하게 불 때.

이다.

 이 여름날의 들에는 땀을 쏟는 생활이 있다. 휘파람으로 고달픔을 잊는 예술이 있다. 그리고 모르면서도 아는 듯이 다가갈 수 있는 신뢰가 있다. 생활이 있고 예술이 있고 신뢰가 있는 이 여름날의 들, 비록 힘들기는 하지만 건강하고 아름답지 않은가?

 그런데 이렇게 쓰고 보니 공연히 무언지가 개운치 못하다. 나는 위에서 "지금 내가 다시 그 들엘 가 밭을 맨다면 지나다 들르는 나그네도 한 사람쯤 있을 것이고, 그러면 나는 그늘 좋은 밭둑에 앉아 그와 한잔 할 것 같았다"고 했다. 그러나 정말 그럴 수 있을까? 지나다 들르는 한가한 나그네도 없겠지만, 혹 있다 해도 저 사람이 왜 다가올까 하고 의심부터 하지 않을까? 신뢰가 상실되어 가고 있으나 말이다.

꿈에 왔던 님이

지난해 북한에 약혼녀를 혼자 두고 단신 월남한 청년이 한 사람 있다. 혼자 올 수밖에 없는 데엔 무슨 피치 못할 사정이 있었을 것이다. 이제는 언제 만날지 모르는 그 약혼녀.
 "얼마나 그리울까? 꿈에라도 자주 보이면 좀 나을까?"
 그럴 것이다. 나는 이런 생각을 하다가 꿈 속의 만남을 노래한 박효관(朴孝寬)[1]의 안타까운 시조 한 수가 떠올랐다.

꿈에 왔던 님이
깨어 보니 간 데 없네.

탐탐히 괴던 사랑
날 버리고 어디 간고.

---

1) 조선 고종 때의 가객(歌客). 호는 운애(雲涯). 제자 안민영(安玟英)과 우리나라의 가곡을 정리하여 《가곡원류(歌曲源流)》 편찬.

꿈 속이 허사(虛事)이라망정
　　자로 뵈게 하여라.

《가곡원류》

　꿈 속에서 님을 만났다. 북한에 약혼녀를 혼자 두고 단신 월남한 그 청년처럼 현실에서는 만날 수 없는 님이다. 그러니 얼마나 반가웠을까? 애틋하게 정을 나누었다. 그러나 그것도 잠깐, 어느 새인지 님이 사라지고 없다. 꿈을 깬 것이다. 탐탐히 괴던 사랑 날 버리고 어딜 갔는가? 허망했다. 그러나 아무리 허망하다 할지라도 꿈에서나마 님을 볼 수 없다면 그 애끓는 그리움을 어찌하랴. 그래서 이 시조는 말한다. 꿈 속의 일이 허사일망정 자주 보이게 하라고.
　그럼 단신 월남한 그 청년은 무슨 꿈을 꿀까? 슬픈 꿈은 안 된다. 가슴 두근거리며 몰래 만나던 연애 시절, 약혼을 발표하고 둘이 함께 환히 웃던 그날처럼 기쁜 날을 꿈꾸어라. 그러나 아무리 기쁜 날이어도 과거만을 꿈꾸어서는 안 된다. 미래를 꿈꾸어라. 주례 앞에 큰 소리로, 그리고 당당하게 네 네 하는 꿈을 꾸어라. 수많은 하객들의 우뢰 같은 박수 소리가 그대들의 앞날을 축복할 것이다.
　문득 수필 한 편이 생각난다. 고향은 진남포, 나이 서른에 장가를 들어 임신 3개월의 꽃 같은 색시를 두고 단신 피난해 온 노인(당시는 청년)이 하나 있다. 어느 날 포장마차에 서였다.

　　"내 참한 과수댁 하나 중신할께 장가 드셔."

주모가 이렇게 부추기니까 노인은 번쩍하는 눈으로 주모를 한번 노려보고는(중략) 은가락지 한 짝을 꺼내 보인다.
"이걸 한 짝씩 나누어 개디구 헤어지며 빨리 돌아오마구 약속을 했디요. 내레 이놈의 가락지 한 짝을 안구 반평생을 살아온 놈이요."

강호형(姜浩馨), 〈정류장에서〉

반평생을 혼자 살며 그 아내를 얼마나 그리워했을까? 단신 월남한 그 청년에게는 이런 일이 없어야 한다. 자유롭게 만나야 한다.

어리고 성긴 가지
詠梅

하늘이 어둑하더니 흰 눈이 펑펑 쏟아진다. 지금쯤 누구네 집에는 매화 몇 송이가 벙글고 있을 것이다. 주인은 벙그는 그 꽃을 바라보며 술 한잔 할 것이다. 나도 좀 그러고 싶지만 우리 집에는 매화가 없다. 나는 눈 쏟아지는 창 밖을 한참 내다보다가 안민영(安玟英)[1]의 〈영매(詠梅)〉[2] 한 수를 외었다.

어리고 성긴 가지
너를 믿지 아녔더니,

눈 기약(期約) 능히 지켜
두세 송이 피었구나.

---

1) 조선 고종 때의 가인(歌人). 호는 주옹(周翁). 스승 박효관(朴孝寬)과 우리나라의 가곡을 정리하여 《가곡원류》 편찬.
2) 매화를 읊음. 전 8수 중 여기 보인 것은 그 제2수. 흔히 〈매화사(梅花詞, 매화에 관한 시)〉라고도 한다.

촉(燭) 잡고 가까이 사랑할 제
암향(暗香)조차 부동(浮動)터라.

《가곡원류》

"눈 내리면 피겠습니다."

매화가 한 말이다. 이것이 '눈 기약'이다. 눈 내리면 피겠다는 약속이다. 그러나 우리의 주인공은 매화의 그 약속을 믿지 않았다.

"그 어리고 성긴 가지로 꽃은 무슨 꽃?"

그런데 눈이 오자 꽃을 피웠다. 대견스러웠다. 좀 미안했는지도 모른다. 그래 촛불을 잡고 가까이 다가가 보았다. 맑고 깨끗한 두세 송이 그 꽃, 사랑스러웠다. 그윽한 향기가 방 하나 가득이 풍겼다.

우리의 주인공이 믿지 않았던 매화가 눈 내리면 피겠다던 그 약속을 지킨 것이다. 그 어리고 성긴 가지로 꽃을 피운 것이다. 매화로서도 그지없이 자랑스러웠을 것이다.

정말이지 어리고 성긴 가지로 눈 속에 꽃을 피운다는 것은 어려운 일이다. 튼튼한 가지 빽빽한 가지로도 눈 속에 꽃을 피운다는 것은 어려운 일이다. 그래서 우리는 따뜻한 볕 속에 피는 봄꽃들보다 눈 속에 피는 매화를 더 귀하게 일컫는 것이다.

어려운 조건 속에서 자라난 사람이 많다. 일찍 부모를 잃은 사람, 집안이 가난한 사람, 어떤 신체적인 장애를 가진 사람, 이 밖에 또 어떤 사람이 더 있는지 모른다. 그러나 이런 어려운 조건을 극복하고 그나름의 업적을 이룬 사람도 많다.

그들이 이룩한 업적은 마치 어리고 성긴 가지로 눈 속에 꽃을 피워 낸 매화처럼 자랑스럽다. 그들의 업적에서는 봄꽃에서 맡기 어려운 그윽한 향기가 풍긴다.
 여기까지 생각하다가 다시 창 밖을 내다보았다. 눈은 계속 쏟아지고 있다. 무언지 모르게 마음이 개운치 못했다. 부엌에 들어가 먹다 남은 소주 한잔 기울이고 다시 나와 창가에 섰다. 그래도 개운하지가 않았다. 그 때 누군가의 목소리가 내 가슴에 들려 왔다.
 "넌 그 많은 어리고 성긴 가지들을 위하여 무얼 했니? 혹시 그들에게 찬바람이 되어 불지는 않았니?"

솔이 솔이라 하니

 지난 주말 친구 몇 사람이 산엘 갔다. 단풍 구경이나 하자는 것이었다. 나로서는 처음 가 보는 산이다. 붉게 물든 단풍이 아름다웠다. 우리는 산 중턱에 앉아 소줏잔을 기울였다. 기울이다 문득 보니 건너편 바위 곁에 큰 솔 한 그루가 오연(傲然)히 서 있었다. 옛날 송이(松伊)[1]가 읊은 그런 솔이다. 내가 한 손으로 잔 들고 한 손으로 그 솔을 가리키며 물었다.
 "저 솔이 지금 뭐라고 하는지 아니?"
 모두들 그게 무슨 소리냐는 듯이 나를 바라보았다.
 "잘들 들어 봐."
 그리고 나는 송이의 시조를 읊었다.

 솔이[2] 솔이라 하니

---

1) 조선 시대의 기녀. 이 밖에는 알려진 것이 없다.
2) 소나무와 송이를 동시에 뜻하는 중의법.

무슨 솔만 여겼는다.

천심절벽(千尋絶壁)에
낙랑장송(落落長松) 내 그로다.

길 아래 초동(樵童)의 접낫이야
걸어 볼 줄 이시랴.

《청구영언》

눈을 지긋이 감고 듣던 한 친구가 물었다.
"거 누가 지은 거야?"
내가 한 잔 비우고 말했다.
"소나무송(松), 저이(伊), 송이라는 기녀야. 그러니까 이 시조의 '솔이'는 곧 송이 자신이지. 어디 '솔이'를 송로 바꾸어서 한번 엮어 볼까?
내가 기녀라 하니 무슨 기녀쯤으로 여겼는가? 나는 천길 낭떠러지 위에 우뚝 선 낙락장송처럼 함부로 범할 수 있는 존재가 아니다. 길 아래 나무하는 아이들의 작은 낫 같은 유치한 인품으로 나를 유혹하려 들지 말라."
한 친구가 말했다.
"턱도 없다는 말씀인데 거 대단히 오만하군."
내가 말했다.
"그래, 오만해. 아니야, 높은 자존심이야. 돈 몇 푼이면 아무 가슴에나 안기는 기녀들도 많았을 것을 생각하면 난 솔이의 이 자존심이 여간 귀하게 느껴지지가 않아."

다른 한 친구가 말했다.

"하기야 기녀뿐이었겠나? 조금만 이롭다 하면 아무 앞에나 줄을 서는 벼슬아치는 또 얼마나 많았을라구."

우리는 자존심을 화제로 삼아 한동안 이야기를 나누었다.

아무 가슴에나 안기는 여인, 아무 앞에나 줄을 서는 남자, 지금은 어떨까?

일전에 국무총리가 고위 공직자들에게 한 말이 생각난다.

"여기저기 줄 서려 하지 말라."

왜 총리는 이런 말을 했을까?

베잠방이 호미 메고

　이따금 텔레비전에서 농촌의 모습을 본다. 이앙기(移秧機)로 모심고 콤바인으로 추수하는 그런 모습이다. 옛날에 비하면 일이 퍽 수월해 보인다. 나는 그런 모습을 보면 문득 옛날 내가 자라던 농촌이 떠오르곤 한다. 그곳은 신희문(申喜文)[1]이 읊은 그런 농촌이다. 이앙기도 없고 콤바인도 없었다.

　　베잠방이 호미 메고
　　논밭 갈아 기음매고,

　　농가(農歌)를 부르며
　　달을 띠고 돌아오니,

---

1) 신원 미상의 시조 작가. 자는 명유(明裕). 시조 14수가 《청구영언》에 전한다.

지어미 술을 거르며
"내일 뒷밭 매옵세."
하더라.

《청구영언》

우선 초장부터 보자.

이것은 들에서 일하는 모습이다. 새벽부터 일어나 들엘 나갔을 것이다. 베잠방이에 호미 한 자루 메고, 어쩌면 소도 몰고 나갔는지 모른다. 온종일 김을 매노라면 땀도 많이 흘렸을 것이다. 점심은 바가지에 곱삶이 쏟아붓고 시큼한 열무김치에 화끈한 고추장으로 썩썩 비벼 큼직큼직 퍼넣었을 것이다. 물론 탁배기도 한 주전자 있었을 것이다. 한 대접 죽 들이키고 고추장에 풋고추 꾹 찍어 으쩍 깨물면 속도 든든하고 입도 개운했을 것이다.

다음은 중장.

이것은 들에서 일을 마치고 돌아오는 모습이다. 어느덧 달이 떴다. 그러나 급할 것이 없다. 흥얼흥얼 '농가'를 부르며 돌아온다. 농가는 농부가다. 무슨 농가일까? 혹 다음과 같은 것은 아닐까?

사해창생(四海蒼生) 농부들아,
일생신고(一生辛苦) 한치 마라.[2]
사농공상(士農工商) 생긴 후에

---

2) 평생을 괴롭게 사는 것 한스러워하지 마라.

귀중할손 농사로다.

　　　　　　　　작자 미상, 〈농부가(農夫歌)〉

　달빛 속에 농가 한 구절 흥얼거리며 돌아오는 농부의 모습이 눈에 선하다.
　끝으로 종장.
　이것은 집안에서의 일이다. 아내가 술을 거른다. 종일 힘들게 일한 남편 아닌가? 정성스럽게 거를 것이다. 그러면서 내일은 뒷밭 매자고 한다. 애써 밭 매고 돌아온 남편에게 무슨 또 밭 매는 소리냐, 이렇게 생각지 말자. 내일은 함께 매자는 뜻일 것이다.
　이앙기도 없고 콤바인도 없이 그저 새벽부터 저녁까지 뼈 빠지게 일만 해야 했던 옛날의 그 농촌, 어떻게 그 괴로움을 견뎠을까? 흥얼거리는 노래가 있고 술 거르는 아내가 없었다면 그 괴로움은 더 견디기 어려웠을 것이다.

주공(周公)도 성인(聖人)이샷다

중국의 옛 이야기 한 토막.
주무왕(周武王)과 주공(周公)은 형제로서 주문왕(周文王)의 아들이다. 주문왕은 늙은 낚시꾼 강태공(姜太公)을 데려다 스승을 삼은 눈 밝은 임금이요, 주무왕은 은나라의 무도한 임금 주왕(紂王)을 친 의기 있는 임금으로 유명하다. 그러나 후세에 성인으로 추앙받는 사람은 오히려 임금자리 한번 앉아 보지 않은 주공이다. 왜 그럴까?
성왕(成王) 때의 일이다. 성왕은 무왕의 아들로 주공이 가르쳐서 왕위에 오른 임금이다. 주공에게는 백금(伯禽)이라는 아들이 있었다. 그가 노(魯)나라에 봉(封)해져서 떠날 때 주공이 말했다.
"나는 문왕의 아들이요, 무왕의 아우요, 지금 왕(성왕)의 작은아비다. 그러나 나는 한 번 목욕할 때 세 번 머리를 움켜쥐고, 한 번 먹을 때 세 번 토해 내며 일어나 선비를 맞으면서도 오히려 천하의 어진 선비를 놓칠까 두려워했다. 네가

노나라에 가면 마땅히 근신(謹愼)할 것이요, 봉해진 자(제후)라 하여 남에게 교만(驕慢)해서는 안 된다."

한 번 목욕할 때 세 번 머리를 움켜쥔다는 것은, 머리를 감다가도 선비가 찾아왔다 하면 그 감던 머리를 황급히 움켜쥐고 나아가 맞는데 한 번 목욕할 때 이러기를 세 번씩이나 한다는 뜻이요, 한 번 먹을 때 세 번 토해 낸다는 것은, 밥을 먹다가도 선비가 찾아왔다 하면 입 안에 들어 있는 음식물을 황급히 토해 내고 나아가 맞는데 한 번 밥을 먹을 때 이러기를 세 번씩이나 한다는 뜻이다. 한문으로는 이를 '일목삼악발, 일반삼토포(一沐三握髮, 一飯三吐哺)'라 한다. 《십팔사략(十八史略)》에 전한다.

높은 신분이면서도 천하의 어진 선비를 놓칠까 두려워하는 그의 겸허(謙虛)가 성인으로 추앙받기에 족하지 않은가? 옛날의 어느 누군가도 그를 추앙했던지 다음과 같은 시조를 남겼다.

주공(周公)도 성인(聖人)이샷다.[1]
세상(世上) 사람들 들어스라.

문왕의 아들이요,
무왕의 아우로되,

평생(平生)에 일호 교기(一毫驕氣)[2]를

---

1) 성인이시도다.

내어 뵘이 없느니.

《청구영언》

　주공은 조카인 어린 임금 성왕을 도와 주나라의 기초를 확립하고, 당시의 정치·사상·문화 등 다방면에 큰 업적을 남긴 사람이다. 만일 선비가 찾아왔을 때 밖에서 기다리라며 태연히 머리 감고 밥을 먹었다면 어찌 되었을까? 어진 선비들은 불쾌해서 다 발길을 돌렸을 것이다. 그러면 그가 무엇을 확립하고 무엇을 남기겠는가?
　사람이 교만하면 주위가 쓸쓸해진다. 누가 그에게 가까이 가려 하겠는가? 사람이 겸허하면 주위가 든든해진다. 사람들이 모여들기 때문이다. 쓸쓸한 인생을 살기 싫거든, 무얼 좀 안다고, 무얼 좀 가졌다고, 자리가 좀 높다고 해서 교만하게 굴지 말라.

---

2) 털끝만치의 교만한 기운.

해 져 황혼이 되면

　황혼(黃昏)이다. 창 밖이 어둑하다. 아내는 큰애네와 2박 3일의 여름 휴가를 떠나고 나 혼자 집을 본다. 꼬마 두 녀석이 할머니도 꼭 가야 한다고 해서 따라간 것이다. 집안이 쓸쓸하다. 누가 좀 찾아왔으면 싶은데 아무도 오지 않는다. 혼자 술 한잔을 든다. 꼬마 두 녀석과 아내, 큰애네 내외의 얼굴 얼굴들이 눈앞에 어린다.
　겨우 이틀밤을 혼자 자도 쓸쓸함이 이러한데, 오지 않는 님을 기다리며 수없는 밤을 지새우는 사람은 어떠할까? 다음은 지은이를 알 수 없는 옛 시조 한 수, 물론 여인의 노래일 것이다.

　　해 져 황혼이 되면
　　내 못 가도 제 오더니,[1]

---

1) 이는 밀회를 읊은 것이겠다.

제 몸에 병이 든지
뉘 손에 잡히었는지.[2]

낙월(落月)이 서루(西樓)로 내리면
애 긋는 듯하여라.

《청구영언》

이 시조의 초장은 지난날의 회상이다.

해가 져 황혼이 되면 여인의 창 밖이 어둑했다. 여인은 그가 보고 싶었다. 그러나 여인은 여인이어서 그를 찾아가지 못했다. 초조한 마음으로 기다릴 수밖에 없었다. 그러면 그가 찾아왔다. 누가 볼세라 어둠을 타고 여인을 찾아왔다. 그의 기척이 창 밖에 날 때 여인은 얼마나 가슴이 뛰었는지 모른다. 그러나 밤이 너무 짧았다. 본래 밀회(密會)란 남이 알까 두렵고 시간이 짧아 안타까운 것이다.

중장은 여인의 깊은 시름.

'해 져 황혼이 되면 / 내 못 가도 제 오더니' 이제는 황혼이 져 밤이 되어도 제 오지 않는다. 여인의 시름이 깊어만 간다.

"혹 병이라도 났는가?"

마음이 아프다. 그 때 문득 떠오르는 불길한 생각 하나.

"아니, 다른 여자에게 잡혔는가?"

가슴이 콱 막힌다. 그러면 못 산다. 여인은 애써 고개를 젓

---

2) 누구의 손에 잡혔는지. 어느 여자에게 잡혔는지.

는다.

 이 여인의 기다림의 괴로움, 종장은 그 괴로움이다.

 애써 고개를 저은 여인은 여전히 그를 기다린다. '낙월'은 지는 달, '서루'는 서쪽에 있는 누각이다. 그러니까 낙월이 서루에 내린다는 것은 어느덧 새벽이라는 뜻이다. 한밤을 지새운 여인의 눈에 지는 달이 보일 때 그녀는 어떠했을까? '애 긋는'이라는 말은 창자를 칼로 긋는다는 뜻이다. 아프다는 말을 수없이 곱씹어도 그 괴로움은 드러낼 수 없을 것이다. 여인이 너무 애처롭다.

 그가 왜 여인에게 오지 않는지는 나도 모른다. 나는 다만 오지 않는 그를 그래도 오려니 믿고 서편 하늘에 달이 지도록 애를 태우며 기다리는 여인의 모습이, 오지 않으면 말지 하는 여인들하고는 달리 보여 여기 소개했을 뿐이다. 사랑이란 이런 것 아니겠는가?

춘풍(春風)에 떨어진 매화

우리 집 뜰에 모과나무가 한 그루 서 있다. 어느 새 연분홍 꽃들이 수줍게 피더니 또 어느 새 봄바람에 져 날린다.
"저 꽃 이파리가 거미줄에 앉으면 거미란 놈은 어찌할까?"
내가 속으로 이런 생각을 한 것은 옛날에 읽은 시조 한 수가 생각나서였다. 지은이는 알 수 없지만 재미 있는 시조다.

춘풍(春風)에 떨어진 매화
이리저리 날리다가

낡에도 못 오르고
걸렸구나, 거미줄에.

저 거미 매화인 줄 모르고
나비 감 듯하더라.[1]

《청구영언》

비슷한 내용의 한시로 고려 고종 때의 학자요 문신인 김구(金坵)[2]의 〈낙이화(落梨花, 떨어지는 배꽃)〉가 있다.

팔랑팔랑 흩나는 배꽃 이파리,
어쩌다 거미줄에 잘못 앉았네.
거미놈 나비로 알고 잡으러 달려드네.

飛舞翩翩去却回, 倒吹還欲上枝開.
無端一片粘絲網, 時見蜘蛛捕蝶來.

《동문선(東文選)》

이 시에서는 매화 아닌 배꽃이 흩난다. 그러나 흩나는 꽃이 매화든 배꽃이든 우리 집 뜰의 모과꽃이든 그런 것은 상관 없다. 그저 거미줄에 걸린 꽃 이파리를 나비로 알고 잡으러 하는 거미 한 마리 그려 보는 것으로써 나는 충분히 즐거운 것이다.

이 시와 시조에 등장하는 거미는 혹 물정 모르는 사람의 비유일는지 모른다. 그럼 그런 어리석음에 빠지지 말라는 것이 지은이가 주려는 메시지일까? 그러나 우리는 그런 것 따지지 말고 읽자. 그런 것 따지기 시작하면 모처럼 맛보는 즐거움이 골치아픈 것으로 변한다. 그냥 착각에 빠진 거미 한

---

1) 거미가 거미줄로 나비를 칭칭 감 듯하더라.
2) 고려 고종 때의 학자, 문신(1211~1278). 호는 지포(止浦). 어려서부터 시문에 뛰어났다. 저서로《지포집(止浦集)》.

마리 그려 보는 것으로 족하다. 그러면 나도 모르게 웃음이 난다. 머리가 다 산뜻해진다.

　우리는 시를 읽을 때 이것이 무엇의 비유인가, 무엇의 상징인가, 주제(시인의 메시지)가 무엇인가, 이런 것을 따질 필요가 있다. 그 시를 올바르게 이해하기 위해서다. 그러나 이런 것 따지지 않아도 절로 즐겁고 머리마저 산뜻해지는 시까지 그래야 할까?

　나는 술자리에서 이따금 농담으로 한 말을 가지고 그 진의(眞意)가 뭐냐고 따지는 사람을 본다. 농담은 즐겁자고 하는 것이다. 그런데 그렇게 따지면 즐거움은커녕 분위기가 어색해진다. 농담을 진담으로 받아들이는 사람과 어울린다는 것은 괴로운 일이다.

천세(千歲)를 누리소서

동해물과 백두산이 마르고 닳도록
하느님이 보우하사 우리나라 만세.

우리 애국가 제1절이다. 동해물이 마르고 백두산이 닳아 없어질 때까지 우리나라여 영원하라는 뜻이다. 이것은 불가능한 일로써 영원함을 드러내는 수사법이다. 나는 언젠가 이 노래를 부르면서 작자 미상의 옛 시조 한 수를 떠올린 일이 있다.

천세(千歲)를 누리소서,[1]
만세(萬歲)를 누리소서.

무쇠 기둥에 꽃 피어

---

1) 오래도록 복을 받고 잘 사십시오.

열음 열어 따 드리도록 누리소서.

그제야 억만세(億萬歲) 밖에
또 만세를 누리소서.

《병와가곡집》

이 시조의 초장은 오래오래 사시라는 뜻이다. 그럼 오래오래란 어느 정도의 시간인가? 중장과 종장이 그 대답이다. 그러나 중장 하나만으로도 영원을 말하기에 충분하다. 오래오래, 영원. 이 시조는 그것을 무쇠 기둥에 꽃 피어 열매 열어 따드릴 때까지라고 말한다. 불가능한 일로써 영원함을 드러내는 애국가와 똑같은 수사법이다.

자, 화제를 좀 바꾸어 보자. 이 시조의 지은이는 대체 누구를 보고 오래오래 사시라는 걸까? 알 수 없다. 그러나 노래의 분위기로 보아 혹 임금이 아닌가 싶다. 그렇다면 그는 어떤 임금이기에 지은이(백성이나 신하)의 이런 축수(祝壽)를 받는 걸까?

그것은 첫째, 진심으로 백성의 삶을 걱정하는 임금이어서 그랬을 것이다. 옛날 인조(仁祖)는 남한산성에 눈비 내려 백성들이 얼어 죽어 갈 때 세자와 더불어 하늘에 빌기를,

"오늘 이(병자호란 때의 참혹한 상황)에 이르기는 우리 부자의 득죄(得罪)함이니 백성들이 무슨 죄오리까? 하늘이 우리 부자에게 화(禍)를 내리시고 백성들을 살리소서"

했다. 빌기를 마치자 곧 날이 갰다.[2]

다음은 정사(政事)를 펼침에 전혀 사사로움이 없는 임금이

어서 그랬을 것이다. 옛날 성종(成宗)은 유호인(兪好仁)의 시재(詩才)를 아껴 퍽도 사랑했지만 그를 대관(大官, 재상이나 판서 같은 높은 벼슬)의 자리에는 앉히지 않았다. 감당하기 어렵다고 생각했기 때문일 것이다. 이를 보고 그 때 사람들이 깊이 감탄했다.[3]

"아, 나도 이런 축수받는 임금님 모시고 백성 노릇 한번 해 봤으면…."

이 민주주의 시대에 나는 이따금 이런 생각에 젖을 때가 있다. 왜 이런 생각에 젖는지는 잘 모르겠다. 당신은 혹 그럴 때가 없는가?

---

2) 지은이 미상,《산성일기(山城日記)》.
3) 99쪽 참조.

어이러뇨, 어이러뇨

며느리 고운 데 없는 것이 시어머니다. 그런 시어머니인지라 며느리가 혹 무슨 작은 실수 하나만 저질러도 못 참고 퍼붓는다. 심한 경우에는 너희 집으로 가라며 윽박지르기도 한다. 옛날의 시어머니들은 다 이런 줄로 나는 알았다. 그런데 오늘 한 사설시조에서 전혀 그렇지 않은 시어머니, 아니 참좋은 시어머니를 보았다.

어이러뇨, 어이러뇨.
시어머님, 어이러뇨.

솥의 남진[1]의 밥을 담다가 놋주걱 자를 부르쳤으니[2]
이를 어이러뇨, 시어머님아.

---

1) 남편, 사내. 여기서는 물론 남편.
2) 부러뜨렸으니.

저 아가, 하 걱정 마자스라.
우리도 젊었을 제 여럿을 부르쳐 보았네.
《청구영언》

 그렇다. 사람 사는 세상인데 왜 이런 시어머니가 없었겠는가? 지금까지 내가 옛날 시어미니들에게 대하여 가져 온 인식은 잘못된 것이 아닐 수 없다. 나쁜 시어머니가 있으면 좋은 시어머니도 있었을 것이다. 그러나 나는 지금 이런 것 따지자는 것이 아니다. 착한 며느리와 넉넉한 시어머니, 그 모습 한번 그려 보자는 것이다.
 "어머님, 놋주걱 자루를 부러뜨렸어요. 이를 어째요?"
 "아가, 걱정 마라. 나도 젊었을 때 여럿 부러뜨렸다."
 놋주걱 자루를 부러뜨리고 걱정에 싸이는 며느리, 나도 그랬다며 위로하는 시어머니, 정말 착한 며느리, 넉넉한 시어머니 아닌가? 제가 부러뜨려 놓고도 놋주걱 탓으로 돌리는 며느리, 부러뜨렸다고 못 참고 퍼붓는 시어머니는 우리의 화제에서 제외하기로 하자.
 옛날 어느 곳에 과부 모자가 살았다. 과부는 며느리가 보고 싶었지만 너무 가난해서 딸 줄 사람이 없었다. 그러다가 더 가난한 집에서 며느리를 보았다. 과부는 기뻤다. 그런데 며느리는 오자마자 아이을 갖더니 해마다 하나씩 쑥쑥 낳았다. 생기는 것은 마찬가지인데 입은 자꾸만 늘어나니 과부는 기가 막혔다. 그래 며느리 구박이 자심해지더니 마침내 저것들 다 데리고 너희 집으로 가라고 윽박질렀다. 며느리는 죄없이 용서를 빌다가 무슨 생각이 들었던지 부엌에 있는 숟가락을 죄다 꺼내다 놓고 말했다.

"어머님, 이게 모두 몇 개예요? 제가 시집 왔을 땐 두 개밖에 없었어요. 그 동안 숟가락 한 개라도 늘지 않았어요?"

그 뒷이야기는 모른다. 자, 이 며느리가 밥을 푸다 놋주걱 자루를 부러뜨렸다고 하자. 어떤 말이 오고 갈까? 다음과 같았으면 싶다.

"어머님, 놋주걱 자루를 부러뜨렸어요. 이를 어째요?"

"아가, 걱정 마라. 나는 젊었을 때 하도 가난해서 놋주걱은 구경도 못 했다. 자루 부러뜨릴 놋주걱이 있으니 얼마나 좋으냐?"

지금도 시어머니와 며느리 사이가 좋지 않은 경우를 더러 본다. 나는 그런 며느리와 그런 시어머니들에게 이 시조 읽기를 권한다.

시어머니, 며늘아기 나빠

"왜 그렇게 며느리를 미워하는지 몰라."

아내가 어느 나이 든 여인을 두고 한 말이다. 여인은 심지어 며느리 친정엘 가서 무얼 가르쳐 보냈느냐고까지 했다 한다. 나는 아내의 이야기를 듣고 옛날의 시집살이를 생각했다. 그 시집살이는 다음 사설시조에 잘 드러나 있다. 누가 지은 시조인지는 알 수 없다.

시어머니, 며늘아기 나빠[1] 벽바닥 치지 마소.
빚에 쳐 온 며느린가 값에 받은 며느린가.

밤나무 썩은 등걸에 회초리 난 것같이 앙살피신 시아버님, 별 뵌 쇠똥같이 되종고신 시어머님, 삼 년 결은[2] 노망

---
1) 며늘아기를 나쁘게 생각하여.
2) 삼 년 동안에 다 사그러진(노망태).

태에 새 송곳부리같이 뾰족하신 시누이님, 당피 간 밭에
돌피 난 것같이 샛노란 외꽃 같은 피똥 누는 아들 하나
두고,

건 밭에 메꽃 같은 며느리를
어디를 나빠하시는고.

《청구영언》

우선 이 시조에 드러난 며느리 좀 보자. 빚에 쳐 온 며느리
도 아니고 값 주고 사 온 며느리도 아니다. 걸고 건 밭의 연
분홍 메꽃처럼 환한 며느리다. 그런데도 시어머니는 그 며느
리가 마음에 안 들어 벽바닥을 친다. 해 온 게 부실했나?

다음은 시아버지. 밤나무 썩은 등걸에 회초리 난 것 같은
모양으로 앙살을 피운다. '앙살피신'이라는 말은 좀 경망스
럽고 엄살 잘 피우고 트집 잘 잡는다는 뜻인 듯하다. 끄덕하
면 누워서 머리 아프다 배 아프다 하고, 상 차려 주면 밥이
되니 국이 짜니 했던 모양이다. 무슨 수로 그 비위를 다 맞추
겠는가?

시어머니 이야기는 앞에서도 잠깐 했지만, 좀더 말해 보
자. 지은이는 이 시어머니를 가리켜 볕에 쬐어 말라 버린 쇠
똥같이 '되종고신' 시어머니라고 했다. 무슨 뜻인지 분명치
않지만 문맥으로 보아 바짝 마른 심성을 가리키지 않나 싶
다. 마른 쇠똥엔 물기가 없다.

그럼 시누이는 어떤가? 노를 꼬아 엮은 망태기 속의 새 송
곳부리처럼 뾰족하다. 노망태에 새 송곳, 아니 헌 송곳이라

도 넣으면 그 부리가 뾰죽하게 뚫고 나온다. 올케가 하는 일은 사사건건 뾰죽한 송곳처럼 짓쑤셨던 모양이다. 저는 남의 올케 안 될 건가?

끝으로 시어머니의 아들, 그러니까 며느리의 남편이다. 그는 돌피 난 것 같다. 당피나 돌피나 다 피의 일종인데 돌피가 더 작은 것이니 가장 형편 없는 곡식이다. 거기다 얼굴은 기운이 없어 노랗고 어쩌다 피똥까지 싼다. 사내 구실이나 제대로 했는지 모르겠다.

물론 이 시조는 심한 과장이지만 전혀 근거가 없는 것은 아니다. 그러나 우리 시어머니들이여, 며느리 나빠하지 마시라. 내 아들은 뭐 그리 잘 두었는가? 내 딸도 남의 며느리 된다. 며느리는 딸처럼 사위는 아들처럼 그렇게 살 일이다.

대천(大川) 바다 한가운데

요즈음 KBS 일요일 오락 프로에 한 젊은 개그맨이 고정적으로 나오는데, 그는 황당한 거짓말로 시청자들을 웃겨서 바야흐로 인기절정에 있다. 나는 그의 거짓말을 들을 때마다 무슨 조건반사처럼 옛 사설시조가 한 수 떠오른다. 지은이는 알 수 없다.

대천(大川) 바다 한가운데
중침(中針) 세침(細針) 풍덩 빠졌는데,

여남은 사공(沙工)들이 길 넘는 사앗대로
일시(一時)에 소리치며 귀 꿰어 내단 말이 있듯던가.

저 님아, 열 놈이 백 말을 할지라도
님이 짐작하소서.

《청구영언》

이 시조의 '중침'은 중간치의 바늘, '세침'은 가는 바늘이니 아주 작다는 뜻을 함축한다. 이와 반대로 '사앗대'는 배 젓는 장대, 곧 상앗대이니 아주 크다는 뜻이다. 그 상앗대로 그 바늘의 귀를 꿴다?

세상엔 온갖 거짓말이 다 많지만 이런 거짓말은 생전 처음이다. 중침 세침이 바다에 빠지면 그게 보이기나 하나? 설령 보인다 한들 상앗대가 바늘귀에 들어가나? 더구나 여남은 사공이 일시에 꿰어 냈다니, 황당하기가 여기서 더할 수 없는 거짓말이다. KBS의 그 개그맨의 거짓말도 참 대단하지만 이보다는 덜하다.

물론 이런 거짓말에 속을 사람은 없다. 사실이 아니라는 것이 그 말 자체로 자명(自明)한데 누가 속겠나? 그러나 이보다 더한 거짓말이면서도 사실처럼 믿게 하는 거짓말이 있다. 진실(眞實)을 가장한 그 허언(虛言), 우리들 보통 사람은 그 말에 흔히 속는다.

자, 그럼 속는 문제를 좀 생각해 보자. 평범한 나 한 사람이 속는 것은 나 개인의 문제로 끝날 수 있다. 그러나 한 집단의 지도자가 간악한 거짓말에 속아 가령 인사(人事)를 잘못 한다든지 하면 그것은 그 개인의 문제에서 끝나지 않는다.

이렇게 쓰고 보니 우리 역사의 한 장면이 떠오른다. 혁혁한 전공(戰功)을 세운 이순신(李舜臣)이 삼도수군통제사(三道水軍統制使)가 된다. 원균(元均)[1]이 이를 시샘하여 무고(誣

---

1) 조선 선조 때의 무신(?~1597).

告)를 한다. 마침내 이순신은 서울에 압송되어 사형을 받기에 이른다. 정탁(鄭琢)[2]이 그를 변호한다. 이순신은 다시 풀려나 권율(權慄)[3]의 막하에서 백의종군(白衣從軍)한다. 당시의 임금은 선조(宣祖)[4]다. 만일 그 때 이순신이 죽었다면 나라의 손실로 그보다 큰 것이 있겠는가? 그 후 이순신은 다시 삼도수군통제사에 복귀하지만 생각하면 내가 아찔하다.

"저 님아, 열 놈이 백 말을 할지라도 / 님이 짐작하소서."

참으로 뼈에 새겨야 할 교훈이다. 적어도 지도자라면.

---

2) 조선 선조 때의 문신(1526~1605). 호는 약포(藥圃).
3) 조선 선조 때의 명장(1537~1599). 호는 만취당(晩翠堂).
4) 조선 제10대 임금. 임진왜란과 정유재란을 겪은 임금.

나무도 바이 돌도 없는 메에

"이 세상에서 제일 기막힌 일이 뭘까?"

심심하면 한번 생각해 보시기 바란다. 옛날의 어떤 사람은 까투리, 도사공(都沙工), 그리고 자기가 겪은 일을 들어 세상에서 더없이 기막힌 일이라고 했는데, 어디 그의 사설시조 한번 들어 보자.

    나무도 바이 돌도 없는 메에
    매에 쫓긴 까투리 안과

    대천 바다 한가운데 일천 석(一千石) 실은 배에, 노(櫓)도 잃고 닻도 잃고 용총(龍總)도 끊어지고 돛대도 꺾이고 키도 빠지고, 바람 불어 물결치고 안개 뒤섞여 잦아진 날에, 갈 길은 천리 만리(千里萬里) 남았는데 사면이 거머어득 저뭇[1] 천지 적막(天地寂寞) 까치놀 떴는데 수적(水賊) 만난 도사공의 안과

엊그제 님 여읜 내 안이사
어디다 가을 하리오.[2]

《청구영언》

  우선 이 사설의 초장을 보자.
  여기서 '바이'는 전혀, '까투리'는 암꿩, '안'은 속(마음)이라는 뜻이다. 그럼 나무 한 그루 바위 한 덩이 없는 산에서 지금 막 매에게 쫓기고 있는 까투리 한 마리를 상상해 보자. 매는 금방이라도 챌 것 같은데 숨을 곳이 없다. 그 때 쫓기는 그 까투리의 안이 어떠했을까? 참으로 기가 막혔을 것이다.
  다음은 중장의 앞 부분.
  여기서 '용총'은 돛대에 달린 굵은 줄, '키'는 방향타를 가리킨다. 지금 배는 곡식 일천 석을 싣고 있다. 엄청난 무게다. 그런데 배는 노도 잃고 닻도 잃고 용총도 끊어지고 돛대도 꺾이고 키도 빠졌다. 게다가 바람 불어 물결치고 안개까지 끼었다. 날씨 좋고 풍랑 없는 바다라도 이런 배로는 꼼짝할 수가 없을 것이다.
  중장의 뒷부분은 더 기가 막힌다.
  여기서 '도사공'은 사공의 우두머리(선장), '까치놀'은 석양에 멀리 수평선에 번득이는 물결, '수적'은 해적이라는 뜻이다. 갈 길이 천만 리나 남았는데 날이 저문다든지 천지가 적막하고 까치놀이 떴다든지 하는 것은 그래도 약과다. 꼼짝

---

1) 날이 저물어.
2) 경계를 그으리오. 비교를 하리오.

도 할 수 없는 배에서 수적을 만난 도사공의 마음을 한번 상상해 보라.

그러나 지은이의 악센트는 물론 종장에 있다.

엊그제 님을 여읜 내 마음은 숨을 곳 없는 산에서 매한테 쫓기는 까투리, 이러지도 저러지도 못하는 배에서 수적 만난 도사공의 마음과 한 가지니, 그 기막힘은 다른 아무것에도 비교할 수가 없다는 것이다. 얼마나 사랑하는 님이기에 그 이별이 그렇게도 기막힐까? 말투는 세련되지 못했지만 순박함이 느껴진다.

자, 매와 수적은 멀리 빨리 사라지고 님은 영원히 내 곁에 계시라.

부러진 활, 꺾어진 창

　지금 아프가니스탄 정부군은 미국의 지원을 받는 아프가니스탄 북부 동맹군의 공격으로 서서히 무너지고 있다. 그동안에 전투원은 물론 민간인에 어린이들까지 수많은 사람이 목숨을 잃었고, 국토는 알아보기 어렵게 초토화되었다. 화면에 비치는 그 처참한 광경을 보느라면 문득
　"대체 누가 맨 처음 무기를 만들어 전쟁을 가르쳤는가?"
하는 생각이 들곤 한다. 정말 누구일까?
　전하는 말에 따르면 그는 중국 고대의 황제(黃帝)라는 임금이라고 한다. 그의 이름은 헌원(軒轅), 다른 경쟁자와 싸워서 임금자리를 차지한 사람이다. 옛날, 싸움에 지친 우리나라의 한 병사가 다음과 같이 그를 원망한 일이 있다.

　부러진 활, 꺾어진 창, 때운 퉁노구(銅爐口)[1] 메고

---

1) 품질이 좋지 못한 놋쇠로 만든 솥단지(취사 도구)인 듯.

원(怨)하나니 황제(黃帝) 헌원씨(軒轅氏)를.

상탈야(相奪也) 아닌 전(前)엔 인심이 순후(醇厚)하고 천하가 태평(太平)하여 만팔천세(萬八千歲)를 누렸거든.[2]

어찌타 습용간과(習用干戈)하여 전쟁을 가르쳐
후생(後生) 곤(困)케 하는고.

《청구영언》

우선 이 시조의 초장에 등장하는 병사의 모습을 좀 보자. 한 손엔 부러진 활, 또 한 손엔 꺾어진 창, 그리고 등에는 땜질한 솥단지를 메고 있다. 쫓기는 아프가니스탄의 정부군보다 더 비참한 모습이다. 황제 헌원씨에 대한 원망이 없을 수 없다.
 "서로 빼앗는 일(相奪也)이 있기 전에는 인심이 순후하고 천하가 태평하여 사람이 일만팔천 년도 살았습니다. 그런데 어쩌다 무기 쓰는 것을 익히게 하고 전쟁을 가르쳐서 후생을 괴롭게 하십니까?"
 여기서 서로 빼앗는 일이란 황제가 다른 경쟁자와 싸워서 임금 자리를 차지한 것을 말함인 듯하다. 이로 하여 순후한 인심과 태평스런 세상은 가고 후생들은 전쟁의 괴로움을 겪게 되었다는 것이 이 지칠 대로 지친 병사의 원망이다.
 나는 중학교 3학년 때 한국전쟁을 만나 우리 농토가 조금

---

2) 중국 고대에 형제가 각각 만팔천세를 산 일이 있다 한다.

있는 산골로 피난을 갔다. 그 때 후퇴하는 국군 낙오병들을 보았다. 총을 멘 사람도 있고 총이 없는 사람도 있었다. 아무렇게나 걸친 군복, 다리를 저는 사람, 허기가 져 얼굴이 창백한 사람, 그들은 비참한 모습을 하고 남으로 내려갔다. 나는 또 후퇴하는 인민군 낙오병들도 보았다. 똑같은 모습이었다. 역시 비참한 모습을 하고 북으로 올라갔다. 부러진 활, 꺾어진 창, 땜질한 솥단지, 국군이든 인민군이든 후퇴하는 그 낙오병들은 이 병사보다 조금도 나을 게 없었다. 이들 밖에도 전선에서 산화한 젊은이들은 또 얼마나 많은가?

   남쪽이든 북쪽이든 한 사람의 헌원씨도 있어서는 안 된다. 젊은이들의 생명을 보호해야 한다는 이 한 가지 이유만으로도 전쟁은 방지되어야 한다. 만일 쌍방이 보유한 화력(火力)이 어느 순간 불을 뿜으면 우리 민족은 다시 일어설 수 없는 지경에 이를 것이다.

가사歌辭

엊그제 겨울 지나
賞春曲

우리 집 작은 뜰에 봄볕이 환하다. 지금쯤 내가 자라던 그 산골엔 복사꽃·살구꽃이 구름처럼 피어 있을 것이다. 돌아가 그 꽃들 바라보며 향기로운 술 한잔 하면 어떨까? 그러나 술 담그시던 어머니가 안 계시니 돌아가도 소용 없는 일, 나는 혼자 뜰을 거닐며 옛날 정극인(丁克仁)[1]의 〈상춘곡(賞春曲)〉[2] 몇 줄을 왼다.

엊그제 겨울 지나 새봄이 돌아오니
도리행화(桃李杏花)는 석양리(夕陽裏)에 피어 있고
녹양방초(綠楊芳草)는 세우중(細雨中)에 푸르도다.

---

1) 조선초의 선비(1401~1481). 호는 불우헌(不憂軒). 벼슬에 뜻이 없어 고향에 은거, 청렴하게 살았다. 저서로《불우헌집(不憂軒集)》.
2) 봄을 감상하는 노래. 여기 보인 것은 그 몇 부분.

갓 피어 익은 술을 갈건(葛巾)으로 받쳐 놓고
꽃나무 가지 꺾어 수(數) 놓고 먹으리라.

화풍(和風)이 건듯 불어 녹수(綠水)를 건너오니
청향(淸香)은 잔에 지고 낙홍(落紅)은 옷에 진다.

《불우헌집(不憂軒集)》

이 노래의 '도리행화'는 복사꽃·오얏꽃·살구꽃, '녹양방초'는 푸른 버들과 향기로운 풀, 둘 다 봄을 드러내는 소재다. '갈건'은 칡[葛]의 섬유로 베를 짜서 만든 건(巾, 머리에 쓰는)인데 흔히 은자(隱者)의 건을 뜻한다. 옛날의 은자들은 이 갈건으로 술을 걸렀던 모양이다. '청향'은 맑은 향기, '낙홍'은 떨어지는 붉은꽃 이파리, 이것은 다 운치(韻致)를 드러내는 소재다.

자, 자연에 묻혀 사는 한 선비의 봄이다.

복사꽃·오얏꽃·살구꽃에 석양이 비친다. 푸른 버들과 향기로운 풀은 비를 맞아 싱그럽다. 소음도 없고 매연도 풍기지 않고 악취도 나지 않는다. 다만 아름다운 봄의 자연이 있을 뿐이다.

이제 선비는 술 한잔을 든다. 갈건을 벗어 손수 거른 술이다. 한잔 할 때마다 꽃나무 가지 하나씩을 꺾어 셈을 한다. 술값 내라는 주모(酒母)가 없어도 이것은 몸에 익은 음주법이다. 술 한 잔에 꽃나무 가지 하나씩 꺾는 것, 여유도 있고 멋도 있다.

한잔 한잔 하다 보니 훈훈한 봄바람이 건듯 불어 푸른 냇물을 건너온다. 그 바람에 술잔에는 맑은 향기가 감돌고 선비의 옷에는 붉은꽃 이파리가 흩난다. 사람과 자연이 술을 매체(媒體)로 하나가 되는 순간이다. 아름다운 자연, 향기로운 술, 여유 있고 멋있는 선비.

그럼 지금 우리의 봄은 어떨까?

지금도 복사꽃·오얏꽃이 피고 살구꽃도 핀다. 비맞은 버들이나 풀밭은 여전히 싱그럽다. 봄바람도 예와 다름없이 훈훈하고 그 바람에 붉은꽃 이파리도 흩난다. 그러나 매연과 소음, 악취 속에 아등바등 살아 가는 도시인들은 이미 그걸 잊은 지 오래다. 그러니 포장마차에 앉아 닭똥집에 독한 소주나 들이킬 수밖에.

돌아오는 주말에는 비록 소주지만 한 병 배낭에 넣고 가까운 산에라도 가 잃어버린 자연을 회복해 보아야겠다. 꽃이 좋을 것이다.

동풍(東風)이 건듯 불어
思美人曲

"창 밖에 매화 한 그루 있었으면…."
 우리 집 뜰에 달 뜨면 문득 이런 생각이 들곤 한다. 매화 두어 가지 달빛 속에 꽃 벙글면 참 기이(奇異)도 할 것이다. 내가 이런 생각을 하는 것은 정철(鄭澈)[1]의 〈사미인곡(思美人曲)〉[2]에서 받은 깊은 감명 때문일 것이다. 다음은 〈사미인곡〉의 두어 부분.

 동풍(東風)이 건듯 불어 적설(積雪)을 헤쳐 내니
 창 밖에 심은 매화 두세 가지 피었어라.
 가뜩 냉담(冷淡)한데 암향(暗香)은 무사 일꼬.

---

1) 129쪽 참조.
2) 미인을 생각하는(그리는) 노래. '미인'을 흔히 임금이라고 말하지만 꼭 그렇게 생각할 것은 없다. 임금이면 어떻고 춘향이면 어떤가? 사랑하는 사람이면 다 미인이다.

황혼(黃昏)에 달이 좇아 벼맡에 비춰니
느끼는 듯 반기는 듯 님이신가 아니신가.

저 매화 꺾어 내어 님 계신 데 보내고저.
님이 너를 보고 어떻다 여기실꼬.

《송강가사》

이 노래의 '냉담'이라는 말은 싸늘하면서 맑다는 뜻, '암향'은 그윽한 향기라는 뜻이다. '달'은 어떤 달인지 알 수 없지만 초승달이어도 좋고 그믐달이어도 좋다. 그러나 매화의 님으로서의 달이라면 그래도 둥근 달이 더 좋지 않을까 싶다.

자, 노래 속으로 들어가 보자.

봄바람이 건듯 불어 쌓인 눈이 흩날린다. 창 밖에 심은 매화 두세 가지에 꽃이 피었다. 깨끗한 여인의 지조처럼 차고 맑은 꽃, 거기다 높은 인품 같은 그윽한 향기까지 풍긴다. 차고 맑은 지조, 향기로운 인품, 지은이는 아마도 이런 여인을 상상했었나 보다.

어느덧 황혼이다. 달이 찾아와 매화의 벼맡(베갯머리)을 비춘다. 사려 깊은 사람의 지혜처럼 밝은 달이다. 원만한 인격처럼 둥근 달이다. 사려 깊은 지혜, 원만한 인격, 지은이는 혹 이런 남성을 그렸던 것일까? 매화의 님이라면 적어도 이래야지 했던 것 같다.

매화가 달을 본다. 너무 감격스럽다. 너무 반갑다. 달과 매화, 아름다운 인연이다. 지은이는 그런 매화가 되고 싶다.

그런 매화가 되어 그런 달에게 가고 싶다. 내가 매화가 되어 님에게 가면 님은 나를 어떻다 여기실까? 가슴 두근거림이 그 사이에 놓여 있다.

사랑이란 어떤 것일까?

금방 화끈해져서 빨가벗고 나뒹굴다가 또 금방 싸늘해져서 돌아서는 그런 것은 아닐 것이다. 차고 맑고 향기로운 사람, 한없이 밝고 원만한 사람, 그런 두 사람이 그리움을 느낄 때 생겨나는 아름다움일 것이다. 매화 같은 사람, 달 같은 사람.

나 이제 사랑을 나누는 사람들에게 한 마디 하고 이 글을 끝낼까 한다.

"여성들이여, 매화가 되라."

"남성들이여, 달이 되라."

매화 되고 달 되는 데는 돈도 가문도 학벌도 다 관계가 없다. 그저 인품이면 된다.

석일(昔日) 주중(舟中)에는
船上歎

내 작은 방 책꽂이에 박인로(朴仁老)[1]의 《노계가사(盧溪歌辭)》 한 권이 꽂혀 있다. 나는 오늘 우연히 이 책을 들추다가 〈선상탄(船上歎)〉 몇 줄을 읽었다. 이것은 '배 위에서의 한탄'이라는 뜻이지만, 제목이 이렇다고 해서 이 가사를 한탄하는 소리로만 알아서는 안 된다. 다음은 내가 두어 번 더 읽은 그 몇 줄.

    석일(昔日) 주중(舟中)에는 배반(杯盤)[2]이 낭자(狼藉)터니,
    금일(今日) 주중에는 대검(大劍) 장쟁(長鎗)뿐이로다.

    시시(時時)로 머리 들어 북진(北辰)을 바라보며
    상시(傷時) 노루(老淚)[3]를 천일방(天一方)에 지이나다.

---

1) 153쪽 참조.
2) 흥취 있게 노는 잔치. 풍부한 술과 음식.

준피도이(蠢彼島夷)들아, 수이 걸항(乞降)하여스라.
항자불살(降者不殺)이니 너를 구태 섬멸(殲滅)하랴.
《노계가사(蘆溪歌辭)》

우선 첫째 부분을 보자. 지난날의 배 안에는 술과 음식이 넘치고 있었다. 무엇 하나 부족한 게 없는 태평스런 모습이다. 그러나 지금의 배 안에는 큰 칼과 긴 창뿐이다. 전투함(戰鬪艦)의 삼엄한 모습이다. 지금 지은이는 부산(釜山)의 한 배 위에 있다.

다음은 둘째 부분. 왜적을 눈앞에 둔 지은이의, 그 나라의 안위(安危)를 근심하는 모습이 보이는 듯하다. 임금 계신 북쪽을 바라보면서 지금 지은이는 상심(傷心)하며 눈물을 흘리고 있다. 한 노신하의 우국충정(憂國衷情)이 눈물겹다.

끝으로 셋째 부분을 보자. 침범자들을 향하여 소리치되

"준동하는 저 섬나라 오랑캐들아, 속히 항복하라. 항복한 자는 죽이지 않는 법(降者不殺)이니 우리가 구태여 너희를 섬멸하랴"

한다. 전쟁을 수행하는 무인의 충천하는 기개(氣槪)다.

지은이는 임진왜란 때 종군하여 많은 전공을 세우고 그 뒤 무과(武科)에 급제하여 여러 무관직을 수행했다. 특히 나포만호(羅浦萬戶)로 재직할 때는 선정을 베풀어 선정비가 세워지기도 했다. 그 뒤 그는 고향에 은거하며 글읽기와 시쓰기에 전념했다.

---

3) 마음 상할(슬플) 때의 늙은이의 눈물.

내가 오늘 《노계가사》를 들춘 것은 우연이다. 그런데 하필 〈선상탄〉을 읽었을까? 오늘 아침 신문을 보니 육군 장성 두 사람이 무슨 군납 비리에 연루되어 검찰에 소환된다고 한다. 박인로가 이들을 보면 뭐라고 할까 하는 생각에 내가 혹 〈선상탄〉을 읽은 것은 아닌가 싶다.

오늘 아침 서울의 기온은 영하 10도였다. 전방은 이보다 훨씬 더 많이 내려갔을 것이다. 이 혹한의 전방 어느 고지에는 우리 젊은이들이 총을 잡고 서 있다. 오늘 소환된다는 두 장성은 그들 앞에 어떻게 고개를 들까? 묵묵히 일하는 다른 장성들은 또 어떻게 대할까? 우국충정으로 눈물을 흘리는 박인로는 또?

술 빚고 떡 하여라
農歌月令歌

어제 저녁, 우리 아랫집에서 가을떡을 했다고 몇 조각 가져왔다. 농사짓는 집도 아닌데 웬 가을떡일까? 주인이 나이 지긋한 분이니 혹 향수에 젖어 그리했는지 모른다. 아내는 빈 그릇에 모과 몇 알을 담아 보냈다. 나는 팥고물 놓은 그 떡 한입 먹다가 문득 생각이 나서 정학유(丁學游)[1]의 〈농가월령가(農歌月令歌)〉[2]를 찾아 보았다.

술 빚고 떡 하여라, 강신(降神)날 가까왔다.
꿀 껶어 단자(團子) 하고 메밀 앗아 국수 하소.

소 잡고 돝 잡으니 음식이 풍비(豊備)하다.
들마당에 차일(遮日) 치고 동네 모아 자리 포진(鋪陣).

---

1) 조선 현종 때의 문인. 호는 운포(耘逋).
2) 농가에서 달마다 해야 할 일을 읊은 노래. 여기 보인 것은 시월달을 노래한 것 중의 일부.

노소 차례(老少次例) 틀릴세라,
남녀 분별(男女分別) 각각 하소.

이 풍헌(李風憲) 김 첨지(金僉知)는 잔말끝에 취도(醉倒)하고,
최 권농(崔勸農), 강 약정(姜約正)은 체괄(體适)히 춤을 춘다.

《가사문학전집(歌辭文學全集)》

자, 우선 첫째 부분.
어느덧 추수도 끝난 시월(음력)이다. '강신날'이 다가온다. 강신날은 새 곡식으로 신에게 제사드리는 날이다. 그러나 제사만 지내고 끝나는 날이 아니다. 마을 사람들이 어느 집 들마당에 모여 한판 질펀하게 먹고 마시고 노는 날이다. 그래 미리미리 술 빚고 떡(단자) 하고 국수 하고 소 잡고 돝(돼지) 잡고 음식을 푸짐하게 준비한다. 당일엔 그 들마당에 차일을 치고 마을 사람들이 와 앉을 자리를 마련한다. 소 잡고 돝 잡는 일이야 마을에서 추렴으로 한 것이겠지만 그 밖의 음식들은 각각 이집 저집에서 가져온 것일 게다. 푸짐한 음식, 이제는 먹을 일만 남았다.

다음은 둘째 부분.
아무리 신나게 먹고 마시고 논다 하더라도 지켜야 할 법도(法度)가 있다. 그 첫째는 '노소 차례'다. 어른들에게 먼저 드리고 그 다음에 젊은이들이 먹는 것이 노소 차례다. 그 둘째는 '남녀 분별'이다. 남자는 여자에게, 여자는 남자에게

예절을 갖추는 것이 남녀 분별이다. 젊은이가 먼저 취해 늙은이 앞에 주정을 하거나 남녀가 아무 절제 없이 희롱하는 말을 나누거나 하는 것은 상놈들의 세상이요, 예부터 이 마을의 풍속은 아니다.

끝으로 셋째 부분.

실컷 먹고 마신 후다. 이 풍헌과 김 첨지는 잔말로 좀 다투다가 취하여 쓰러진다. 평소에 다소 감정이 있었던가? 그러나 이 강신날 하루로 다 해소된다. 최 권농과 강 약정은 몸 날래게 춤을 춘다. 그 신나게 추는 춤 한판에 보는 사람들도 어깨가 들먹거렸을 것이다.

좋은 인심, 우리 민족은 이렇게 살아 왔다. 그러나 지금은 강신날이 사라져서인지 아래윗집도 모른다. 노소 사이에 차례가 있는지 남녀 사이에 분별이 있는지 모르는 사람도 많다. 딱한 일이다.

다 핀 꽃을 캐어다가
鳳仙花歌

　우리 집 뜰에 봉숭아꽃이 한창 곱다. 그러나 그 꽃 따다가 손톱에 꽃물 들이는 사람이 없다. 아내도 그 꽃 곱다는 소리만 하고 물들일 생각은 하지 않는다. 집에 백반이 없어서 그러는가?
　혼자 뜰을 거닐며 그 꽃들을 보느라니 내가 옛날 고등학교 교사를 할 때 학생들에게 가르친 노래 하나가 문득 생각났다. 〈봉선화가(鳳仙花歌)〉[1]다. 다음에 그 일부를 옮겨 본다.

　　다 핀 꽃을 캐어다가 흰 구슬 갈아마아
　　섬섬(纖纖)한 십지상(十指上)[2]에 수실로 감아 내니
　　조희 위에 붉은 물이 희미히 스미는 양
　　가인(佳人)의 얇은 뺨에 홍로(紅露)를 끼쳤난 듯.

---

1) 봉숭아 노래. 봉선화는 봉숭아. 지은이 미상.
2) 곱고 가는 열 손가락 위(손톱).

춘면(春眠)을 늦초 깨어 차례로 풀어 놓고
옥경대(玉鏡臺)를 대하여서 팔자미(八字眉)[3]를 그리랴니
난데없는 붉은 꽃이 가지에 붙었난 듯,
손으로 우희랴니[4] 분분(紛紛)히 흩어지고
입으로 불랴 하니 섞인 안개 가리왔다.

《가사문학전집》

여러분은 손톱에 꽃물 들여 본 일이 있는가? 봉숭아꽃이 잘 피면 그 꽃을 따다가 백반가루와 함께 짓이겨 손톱에 바른다. 그 다음에는 종이로 싸고 실로 찬찬 감는다. 조금 지나 들여다보면 종이에 스민 꽃물이 아름다운 여인의 발그스레한 볼빛처럼 곱다.

지금 한 여인이 열 손가락의 손톱에다 봉숭아꽃 꽃물을 들이고 경대(거울) 앞에 앉았다. 눈썹을 그리려고 하니까 거울 속에 비친 그 열 손가락의 물든 손톱이 마치 나뭇가지에 붙은 꽃 같다. 그래 그 꽃을 움켜 보려 했다. 꽃들이 분분히 흩어진다. 이번에는 입으로 불어 보았다. 입김이 안개가 되어 보얗게 거울을 가린다.

우리 집 두 딸아이가 중학교에 다닐 때만 해도 아내는 이 아이들의 손톱에 봉숭아꽃 꽃물을 들여 주었다. 아이들은 밤에 잘 때 실이 풀어질까 봐 걱정을 했다. 이튿날 아침 아이들은 기쁜 얼굴로 손을 내밀었다. 꽃물이 잘든 작은 손톱들이

---

3) 八자 모양의 눈썹.
4) 움키려 하니.

참 귀엽고 예뻤다. 아내도 아이들과 함께 물을 들였지만 내 앞에 손을 내밀지는 않았다.

　이제 이 아이들은 다 시집을 가서 애 엄마가 되었다. 그러나 제 어린 딸들의 손톱에 봉숭아꽃 꽃물 들여 주는 일은 없다. 가끔 빛깔이 야하지 않은 매니큐어를 발라 줄 뿐이다. 다 직장엘 다니니 그것이 손쉬워서 그럴 것이다. 아내도 어린 손녀들의 손톱에 꽃물 들여 줄 생각은 하지 않는다. 꼬마들이 크게 원하는 바도 아니려니와 자신도 그런 게 다 귀찮은 나이가 되었나 보다.

　나는 위에서 우리가 본 〈봉선화가〉의 여인의 열 손가락 그 꽃물 들인 손톱이 여간 아름답지가 않다. 탁월한 묘사다. 그러나 지금은 매니큐어 세상이니 읽어도 무슨 말인지 모를 사람도 많을 것 같다.

어떤 처녀 팔자 좋아
老處女歌

　내가 좀 아는 집에 마흔 살 된 노처녀 딸이 하나 있다. 처녀는 지금 원룸 하나 얻어 살면서 회사엘 다닌다. 인물도 환하고 학벌도 좋고 돈도 없는 건 아닌데 왜 시집을 안 가는지 모르겠다. 요 얼마 전에도 부모의 강권으로 맞선을 보았는데 처녀가 싫다고 해서 성사가 안 된 모양이다. 나는 그 말을 들으면서 〈노처녀가(老處女歌)〉[1] 두어 줄을 생각했다. 시집 못 가서 안달이 난….

　　어떤 처녀 팔자 좋아 이십 전에 시집 간다.
　　이내 팔자 기험(崎險)하여 사십까지 처녀로다.

　　어디서 편지 왔네. 행여나 청혼서(請婚書)인가,
　　아이더러 물어 보니 외삼촌(外三寸)의 부음(訃音)이라.

---

1) 노처녀의 노래. 여기 보인 것은 그 몇 부분.

처녀 사십 나이 적소, 혼인 거동(婚姻擧動) 차려 주오.
김(金) 동이도 상처(喪妻)하고 이(李) 동이도 기처(棄
妻)[2]로다.
춘풍야월(春風夜月) 세우시(細雨時)에
독숙공방(獨宿空房) 어이할꼬.

《가사문학전집》

  나이 사십이 된 노처녀가 하나 있었던 모양이다. 그녀는 이십 전에 시집 가는 처녀가 한없이 부러웠다. 내 팔자는 왜 이렇게 기구하고 험악한가? 그러던 어느 날 어디서 편지가 왔다고 했다. 그래 혹시 청혼하는 편지인가 하고 물어 보았더니 외삼촌이 돌아갔다는 부고란다. 실망이 컸을 것이다. 봄바람 불고 달밝은 밤, 가랑비 쓸쓸히 내릴 때 빈 방에 혼자 잘 것을 생각하면 상처한 김 서방도 좋고 기처한 이 서방도 좋았다. 총각 시집 같은 게 무에 대단한가?
  자, 여기다 우리 상상을 좀 보태 보자. 노처녀가 마침내 상처한 김 서방에게 시집을 갔다. 밤마다 깨가 쏟아졌다. 춘풍야월 세우시도 좋기만 했다. 이런 남편을 낳아 주신 시부모님이 하늘같이 고마웠다. 어느덧 아들이 생기고 딸이 생기고 또 아들이 생기고 딸이 생겼다. 그 다음의 삶이 설령 고달프게 이어진다 하더라도 이것이 사람의 자연스러운 모습이 아니겠는가? 내가 보수적이어서 이런가?
  그런데 요즈음 들리는 말로는 노처녀가 자꾸만 늘어난다

---

2) 아내를 버렸다는 뜻이니 곧 홀아비가 되었다는 말.

고 한다. 역시 들리는 말에 따르면 그들의 상당 부분은 시집을 못 가서가 아니라 안 가서 노처녀가 된 여성들인 모양이다. 왜 안 간다는 건가? 누가 그러는데 남편 수발 들고 아이 낳아 기르는 게 귀찮아서라고 한다. 춘풍야월 세우시야 애인 하나 있으면 될 것이고. 그런데 시집은 가기 싫지만 아이는 하나 낳아 기르고 싶어서 누군지도 모르는 사내의 정자(精子)를 가져다가 어쩐다는 말도 들린다. 나는 이런 말들이 사실이 아니라고 믿는다. 아니, 사실이 아니기를 바란다.

  인간이든 자연이든 거기에는 질서라는 것이 있다. 그것은 하늘의 법칙이다. 수녀, 비구니, 정녀(貞女), 이 밖에도 다른 큰 뜻을 가진 경우라면 모르지만, 그렇지 않는 한 시집 안 가는 것은 하늘의 이 법칙을 어기는 일이 아닐까 한다.

민요民謠

처녀총각 노래

어떤 처녀총각 한 쌍을 그려 보자. 둘은 한 마을에 살고 있다. 어려서는 소꿉놀이도 했지만 지금은 내외(內外)를 하는 사이다. 그런데 사건이 하나 일어났다. 사건의 내용은 다음 〈처녀총각 노래〉가 말할 것이다. 이 노래는 대구(大邱) 지방의 민요다. 그럼 어떤 사건일까?

꽃 같은 처녀[1]가 꽃밭을 매는데,
달 같은 총각[2]이 내 손목 잡네.

야, 이 총각아, 내 손목 놓아라.
범 같은 우리 오빠 망보고 있다.

---

1) 총각이 본 처녀의 인상.
2) 처녀가 본 총각의 인상.

야, 이 처녀야, 그 말 마라.
범 같은 너의 오빠 내 처남이다.
《한국고전문학대전집(韓國古典文學大全集)》

총각이 처녀의 손목을 잡는 사건.
나는 이 노래의 독후감을 다음과 같이 쓴 일이 있다.

꽃 같은 아름다운 처녀가 꽃밭을 맨다. 달 같은 환한 총각이 처녀의 손목을 잡는다. 총각 눈에 처녀는 더없이 아름다운 꽃이다. 그래서 손목을 잡았을 것이다. 처녀 눈에 총각은 더없이 환한 달이다. 그래서 손목을 잡혔을 것이다. 내 손목 놓으라는 것은 싫어서가 아니다. 범 같은 우리 오빠가 볼까 봐 그러는 것이다.
졸저, 《고전시를 읽는 즐거움》

이것은 내 독후감의 전반부다. 만일 총각이 범 같은 처녀의 오빠가 무서워 손목을 놓았다면 꽃 같은 처녀는 얼마나 실망했을까? 에이그 못난이, 틀림없이 속으로 이렇게 말했을 것이다. 처녀가 오빠를 들먹인 것도 어쩌면 체면치레인지 모른다. 다음은 독후감의 후반부다.

그걸 빤히 아는 총각이 그 꽃 같은 처녀의 어렵게 잡은 손목을 놓을 리 있나? "괜찮아. 네 오빠가 아무리 무서운 범 같아도 내 처남인데 뭘 그러니?" 능청까지 떤다. 능청, 초례(醮禮)도 안 치르고 부부 사이를 기정사실화하는 그

능청이 미소를 띠게 한다. 꽃 같은 처녀와 달 같은 총각, 둘의 눈길이 뜨겁게 떠오른다.

자, 노래 한 번 더 읽어 보시라.
 나는 이 노래를 읽으면 언제나 기분이 좋다. 그 두 젊음이 너무도 풋풋해서 그럴 것이다. 내가 이 노래의 가락을 알면 쉰 목소리로나마 한번 신명나게 불러 볼 텐데 그렇지 못해서 유감이다. 꽃 같은 처녀와 달 같은 총각.
 세상에는 얼굴이 꽃 같지 못해서 실망하는 처녀, 달 같지 못해서 실망하는 총각이 혹 있을지 모른다. 그러나 서로 마음이 끌리면, 처녀는 총각에게 꽃 같고 총각은 처녀에게 달 같게 보이는 법이니 걱정 마라.

밀양(密陽) 아리랑

노래를 부르다가 가령 가사를 잊었다든지 해서 중간에 그치면 그것은 듣는 사람들에게 적잖이 결례가 될 것이다. 어제 저녁 어느 송년 모임에서였다. 드디어 내 차례가 되어서 마이크를 잡았다. 나는 〈밀양 아리랑〉을 부를 생각이었다.

그런데 내가 아는 이 노래는 좀 길다. 해서 그 전반부만 부르겠다고 했다. 노래도 못 하는 사람이 길게 부르면 그것도 결례일 듯해서였다. 여러분이 다 아시다시피 그 전반부는 다음과 같다.

날 좀 보소, 날 좀 보소, 날 좀 보소.
동지섣달 꽃 본 듯이 날 좀 보소.

정든 님이 오시는데 인사를 못 해,
행주치마 입에 물고 입만 빵긋.

울 너머 총각의 각(角)피리[1] 소리,
물 긷는 처녀의 한숨 소리.

잊으리라, 잊으리라, 굳은 맹세 하였건만
창외삼경(窓外三更) 세우시(細雨時)엔[2]
또 못 잊어 우네.

《한국고전문학대전집》

 내가 이 노래를 부른 것은 그 내용이 좋아서다. 나는 일찍이 이 노래(전반부)의 각 연에 대한 내 감상을 말한 일이 있는데[3] 여기서 한 번 더 말해 볼까 한다.
 우선 첫째 연을 보자. 날 좀 보라고 한다. 동지섣달 추운 날에 핀 꽃을 본 듯 그렇게 반갑고 신기한 눈으로 날 좀 보라고 한다. 누구나 남이 나를 그렇게 보아 주기를 바랄 것이다.
 다음은 둘째 연. 정든 님이 오시는데도 수줍어 인사를 못한다. 그저 행주치마 입에 물고 입만 빵긋. 그러나 그 속에는 무한한 언어가 함축되어 있다. 우리 옛 젊은 여인네의 은근한 모습이다.
 그럼 셋째 연. 총각의 각피리 소리가 애를 끊는 듯하다. 처녀의 한숨 소리에 땅이 꺼질 것 같다. 각피리 집어치우고 우물로 달려가지. 한숨 그만 쉬고 울 좀 넘어가지. 처녀 총각의

---

1) 짐승의 뿔로 만든 피리. 각적(角笛).
2) 창밖 한밤중에 가는 비 올 때에는.
3) 졸저,《고전시를 읽는 즐거움》.

안타까운 모습.

이제는 마지막 연. 떠난 사람 잊으리라 맹세도 굳게 했는데, 그러나 한밤중 가는 비 내리면 또 못 잊어 운다. 그럴 것이다. 맹세한다고 잊혀진다면 그것은 사랑 아닐 것이다.

이 노래는 각 연 사이에 아무런 유기적 관계가 없다. 그러니까 한 연이 노래 한 편의 구실을 한다고 할 수 있다. 어떻든 이 노래를 부르면 우리 민족 고유의 정서(情緖)에 침잠하게 된다.

나는 우리가 이런 노래를 가진 것이 여간 대견스럽지가 않다. 우리 선인(先人)들은 이런 노래를 부르면서 삶의 고달픔을 잊었을 것이다. 아니, 새로운 활력을 얻었을 것이다. 그런데 이런 좋은 노래들이 자꾸만 잊혀지고 있다. 세계인이 되려면 제 문화 먼저 잊어야 하는 건가? 딱한 일이다.

시집살이 요(謠)

오늘 좀 무료해서 이 책 저 책 뒤적이다 보니, 나도 모르게 미소를 머금게 하는 민요 한 편이 눈에 띄었다. 충청북도 남단, 내 고향 영동(永同) 지방에 전하는 노래다. 나는 이 노래를 읽으면서 내 고향 옛날의 어느 며느리를 한참 생각했다.

시어머니 골난 데는
이(蝨) 잡아 주고,
시아버지 골난 데는
술 받아 주고,
시누아씨 골난 데는
콩 볶아 주고,
시동생 골난 데는
엿 사 주고,
우리 남편 골난 데는
자 주면 되지.

《영동군지(永同郡誌)》

무슨 집안이 온통 이렇게 골만 내는 사람뿐인가?

우선 시어머니부터 보자. 왜 골이 났을까? 며느리 하는 짓이 못마땅해서 저러는가? 며느리는 시침 뚝 떼고 얼레빗 참빗 갖추어 들고 시어머니 앞에 다가앉는다. 먼저 얼레빗으로 머릿결을 고르고 다음은 참빗으로 촘촘히 빗어 내린다. 보리알 같은 굵은 머릿니가 시어머니의 흰 치마에 툭툭 떨어진다. "아이구, 개운해라." 어느덧 시어머니의 얼굴이 환히 펴진다.

다음은 시아버지. 시아버진 왜 골이 났을까? 이른 아침 물꼬 보러 들에 나갔다가 물 때문에 아랫집 김 영감하고 싸운 속이 아직 덜 풀려서 저러는가? 며느리는 주전자 하나 앞치마 속에 감추고 슬며시 집을 빠져나간다. 주막은 마을 어귀에 있다. 이윽고 돌아온 며느리가 술상을 차려낸다. 시아버지가 죽 한잔 든다. "어허, 시원하다." 어느덧 시아버지의 얼굴도 환히 펴진다.

어린 시누아씨(시누이아씨)는 왜 골이 났을까? 건넛집 분이가 새가죽신 신고 재며 돌아다니는 게 눈꼴사나워서 저러는가? 하지만 가죽신은 너무 비싸. 며느리는 옹솥 아궁이에 불을 지피고 콩을 볶는다. 콩 튀는 소리가 톡톡 난다. 이윽고 마른바가지에 볶은 콩을 담아서 골난 시누아씨 앞에 내민다. "어머, 냄새도 구수해라." 어느덧 시누아씨 얼굴에 웃음이 돈다.

어린 시동생은 왜 골이 났을까? 뒷집 언년이하고 싸웠나? 소 뜯기러 가기가 싫어서 저러는가? 시동생이 골이 났을 땐 골목에서 엿장수 가위 소리가 들려야 이야기가 된다. 며느리는 슬그머니 나가서 울릉도 호박엿 한 가락 사다가 어린 시동생의 손에 쥐어 준다. 시동생이 받아들고는 똑 부러뜨려 입에 넣는다. "흐흥, 왜 이렇게 달아?" 어느덧 시동생의 얼굴에도 웃음이 돈다.

  우리 남편이 골난 까닭은 다 안다. 집안은 온통 골부림이고, 종일 산에서 들에서 등골 빠지게 일은 해야 하고, 게다가 살림 한번 나 보기는 이미 틀렸고. 며느리는 밤을 기다려 우리 남편의 몸을 더듬는다. 사위가 고요하다. 이윽고 "나 몰라, 여보, 여보.", 며느리의 거친 숨소리, 그 소리 듣고 안 풀릴 우리 남편 있나? 이런 밤이 없다면 그 골부림 비위들을 다 어떻게 맞추겠는가?

  이 노래의 핵심은 "우리 남편 골난 데는 / 자 주면 되지." 에 있다. 그러나 이것은 며느리가 인심 쓰듯이 자 주는 게 아니고 실은 며느리 자신이 원하는 바다. 약간 능청스럽다. 나는 이 노래를 읽으면서, 시집 식구 비위 맞추며 살아가는 한 지혜로운 며느리의 모습 뒤로 열정을 가진 또 한 사람의 젊은 여인을 보았다.

모심는 노래

오늘 텔레비전에서 이앙기로 모심는 것을 보았다. 한 사람이 이앙기를 몰고 가면 그 뒤를 따라 푸른 모가 절로 줄 바르게 심어진다. 화면에서 흔히 보는 광경이지만 나는 볼 때마다 그게 눈에 설다. 모심기라면 그래도 여러 사람이 못줄에 맞추어 손으로 모를 꽂는 그런 것이어야 하지 않겠는가? 내가 어렸을 땐 그랬다. 그런 논에서는 노래도 들렸다. 다음 노래는 모심을 때 부르던 음성(陰城) 지방의 민요다.

충청도 중복숭아[1] 중얼중얼 달렸네.
강 너머 강대초[2] 방긋방긋 열렸네.

떠 들어온다, 떠 들어온다.

---

1) 복숭아나무의 변종으로 열매에 털이 없고 윤이 남. 승도복숭아라 함.
2) 대추를 말함.

점심 고리[3]가 떠 들어온다.
반달같이 떠 들어온다.

저까진 게 반달이야,
초생달이 반달이지.

《한국고전문학대전집》

　이 노래의 첫째 연은 내용이 좀 이상하다. 모심을 무렵에 무슨 복숭아, 대추가 열리는가? 그러나 흥에 겨워서 부르는 노래니 탓하지 말자. 표현도 좀 이상하다. 복숭아가 어떻게 중얼중얼 달리는가? 대추는 또 어떻게 방긋방긋 열리는가? 그런데도 재미가 있다. 이 연을 읽으면, 뭔지 불만스러운 중 복숭아의 중얼거리는 말소리, 왠지 즐거운 강대초의 방긋거리는 모습이 들리고 보이는 듯하다. 옛날 우리 마을의 늘 찌푸리시던 본동어른, 늘 상긋거리던 앞집 순이 누나의 모습도 함께 떠오른다.
　그러나 내가 이 노래에서 제일 좋아하는 부분은 바로 둘째 연이다. 셋째 연은 공연히 투덜거리는 소리라 그저 그러니, 그냥 옛날의 우리 마을로 가 보자. 지금 한창 모내기에 바쁘다. 품앗이꾼도 많다. 어느덧 한낮이다. 마을에 점심 연기가 보얗더니, 밤실댁, 쇠실댁, 순이 누나, 분이 누나, 줄을 지어 점심 고리를 이고 들로 나온다. 꼭 반달처럼 떠 들어온다. 삼돌이 아저씨는 이미 술통을 져다 놓았다. 다들 논에서 나와

---

3) 점심을 담은 바구니를 말함.

그늘나무 아래 둘러앉는다. 이제는 먹을 차례다. 막걸리 한 대접 죽 들이키고 시뻘건 고추장에 마늘 한 쪽 꾹 찍어 으쩍 깨무는 삼돌이 아저씨의 그 순이 누나를 바라보는 눈길이 은근하다. 모두가 다 참 왕성도 한 식욕들이다. 지나가는 나그네도 불러 기쁜 마음으로 막걸리 한 대접 따라 준다.

옛날 우리 농촌의 그 손으로 모심고 낫으로 벼 베던 날은 무슨 축제와도 같았다. 좋은 인심이었다. 그러나 이앙기로 모 내고 콤바인으로 벼 베고 탈곡까지 하는 지금도 그런지 어떤지 나는 일찍이 농촌을 떠나서 알 수가 없다.

이제 이 글을 마치자니 품앗이도 하고 울력도 하던 옛날의 내 고향이 그립게 떠오른다. 다음은 이정직(李定稷, 1841~1910, 조선 고종 때의 학자)의 〈울력하는 날(田家雜興)〉.

지게마다 누런 볏단 한 짐씩 지고
웃으며 돌아오는 마을 장정들.

주인네 마당 가에 부리고 나면
시원한 막걸리에 웃음꽃 피고.

十束黃禾背上高, 聯行度陌不辭勞.
卸來知有還生力, 一口連傾大白醪.

《대동시선(大東詩選)》

베틀노래

오늘 지하실을 청소하다 보니 베 짤 때 쓰는 북 한 개가 나왔다. 수십 년 전 내가 인사동(仁寺洞) 어딘가에서 산 것이다. 나는 한동안 이 북을 내 책상 위에 올려놓고 거기다 담배와 라이터, 만년필 같은 것을 담아 두었는데, 언제 지하실에 다 버렸는지는 생각나지 않는다. 그래도 내다버리기는 좀 섭섭해서 그냥 두었다.

그 북을 손에 들고 한참 보노라니 피씩 웃음이 나왔다. 〈베틀노래〉가 생각나서였다. 이 노래는 청양(青陽) 지방의 민요다.

하늘에다 베틀 놓고 구름 잡아 잉아[1] 걸고,
짤각짤각 짜노라니 편지 왔네 편지 왔네.

---

1) 베틀의 날실을 끌어올리기 위해 맨 실.

한 손으로 받아들고 두 손으로 펼쳐 보니,
시앗2) 죽은 편질러라, 옳다 고년 잘 죽었다.
고기 반찬 비리더니 소금 반찬 고솝구나.

무슨 병에 죽었더냐.
분홍치마 발키더니3) 상사병에 죽었다네.

《한국고전문학대전집》

아마 이 노래를 읽은 여러분도 피씩 한번 웃었을 것이다. 자, 웃는 이야기는 그만하고 다음으로 넘어가자. 나는 내가 쓴 어떤 책4)에 이 노래를 소개하고 다음과 같은 평설(評說)을 쓴 일이 있다.

한 여인이 하늘에다 베틀을 놓고 베를 짠다. 베틀 놓을 데가 그리도 없었나? 왜 하늘에다 놓았을까? 집이 싫어서였을 것이다. 밖에다 시앗 두고 사는 남편이 보기 싫어서 그랬을 것이다. 그런데 짤깍짤깍 짜다 보니 죽도록 미운 그 시앗이 죽었다고 편지가 왔다. 속이 시원했다. 그 동안은 고기 반찬도 맛이 없더니 이제는 소금 반찬도 고솝기만 하다. 그럴 것이다.
우리말에 "시앗을 보면 돌부처도 돌아앉는다"는 속담이 있다. 아무리 어진(또는 무딘) 여자도 남편이 시앗을 보면

---

2) 남편의 첩.
3) 색정(色情)이 심하다는 뜻을 함축.
4) 졸저, 《고전시를 읽는 즐거움》.

돌아앉는다는 것이다. 그렇지 않겠는가? 오죽하면 "옳다 고년 잘 죽었다"고 했겠는가?
  집이 싫어서 하늘에다 베틀을 놓고 베를 짜는 여인, 시앗 죽었다는 편지 받고 소금 반찬도 고솝다는 여인, 그리 세련된 행동은 아니지만 퍽도 진솔한 모습으로 다가온다.

내가 어릴 때만 해도 남의 시앗 노릇 하는 여인네가 더러 있었다. 물론 그들이라고 그게 좋아서 그러지는 않았을 것이다. 그렇게 살아야 하는 자신의 삶이 한스럽기도 했을 것이다. 시앗을 보아야 하는 여인들도 마찬가지였을 것이다. 할 수 없이 참아야는 했지만 돌아앉는 그들의 가슴이라고 한이 안 맺혔겠는가?
  지금은 물론 시앗을 볼 여인도 없고 시앗 노릇 할 여인도 없으니, 시앗 이야기는 옛 노래에나 남아 있게 되었다. 다행이다. 그러나 아직도 크든 작든 한을 가지고 사는 사람은 적잖은 듯하다. 씻은 듯이 그 한이 풀리기를 빌며 이 글을 마치기로 한다.

옛시가 있는 에세이

2003년 10월 20일 초판 1쇄 발행
2006년 6월 10일 초판 3쇄 발행

지은이 정 진 권
펴낸이 윤 형 두
펴낸데 범 우 사

등 록 1966. 8. 3. 제 406-2003-048호
413-832 경기도 파주시 교하읍 문발리 535-10
대 표 031-955-6900 / FAX 031-955-6905

교정·편집/ 송인길·김지선

＊ 파본은 교환해 드립니다.

ISBN 89-08-03304-1 04810
      89-08-03202-9 (세트)

(인터넷) http://www.bumwoosa.co.kr
(E-mail) bumwoosa@chol.com

배낭 속에 책 한 권을!

범우문고

독서의 생활화와 양질의 도서를 보급키 위해 문학·사상·고전·철학·역사·학술분야를 망라한 종합교양문고로, 언제 어디서나 누구든지 저렴한 가격으로 부담없이 읽을 수 있는 책!

▶각권 값 2,800원

1 수필 피천득
2 무소유 법정
3 바다의 침묵(외) 베르코르/조규철·이정림
4 살며 생각하며 미우라 아야코/진웅기
5 오, 고독이여 F.니체/최혁순
6 어린 왕자 A.생 텍쥐페리/이정림
7 톨스토이 인생론 L.톨스토이/박형규
8 이 조용한 시간에 김우종
9 시지프의 신화 A.카뮈/이정림
10 목마른 계절 전혜린
11 젊은이여 인생을… A.모로아/방곤
12 채근담 홍자성/최현
13 무진기행 김승옥
14 공자의 생애 최현 엮음
15 고독한 당신을 위하여 L.린저/곽복록
16 김소월 시집 김소월
17 장자 장자/허세욱
18 예언자 K.지브란/유제하
19 윤동주 시집 윤동주
20 명정 40년 변영로
21 산사에 심은 뜻은 이청담
22 날개 이상
23 메밀꽃 필 무렵 이효석
24 애정은 기도처럼 이영도
25 이브의 천형 김남조
26 탈무드 M.토케이어/정진태
27 노자도덕경 노자/황병국
28 갈매기의 꿈 R.바크/김진욱
29 우정론 A.보나르/이정림
30 명상록 M.아우렐리우스/황문수
31 젊은 여성을 위한 인생론 P.벅/김진욱
32 B사감과 러브레터 현진건
33 조병화 시집 조병화
34 느티의 일월 모윤숙
35 로렌스의 성과 사랑 D.H.로렌스/이성호
36 박인환 시집 박인환
37 모래톱 이야기 김정한
38 창문 김태길
39 방랑 H.헤세/홍경호
40 손자병법 손무/황병국
41 소설·알렉산드리아 이병주
42 전락 A.카뮈/이정림
43 사노라면 잊을 날이 윤형두
44 김삿갓 시집 김병연/황병국
45 소크라테스의 변명(외) 플라톤/최현
46 서정주 시집 서정주
47 사람은 무엇으로 사는가 L.톨스토이/김진욱
48 불가능은 없다 R.슐러/박호순
49 바다의 선물 A.린드버그/신상웅
50 잠 못 이루는 밤을 위하여 C.힐티/홍경호
51 딸깍발이 이희승
52 몽테뉴 수상록 M.몽테뉴/손석린
53 박재삼 시집 박재삼
54 노인과 바다 E.헤밍웨이/김회진
55 향연·뤼시스 플라톤/최현
56 젊은 시인에게 보내는 편지 R.릴케/홍경호
57 피천득 시집 피천득
58 아버지의 뒷모습(외) 주자청(외)/허세욱(외)
59 현대의 신 N.쿠치키(편)/진철승
60 별·마지막 수업 A.도데/정봉구
61 인생의 선용 J.러보크/한영환
62 브람스를 좋아하세요… F.사강/이정림
63 이동주 시집 이동주
64 고독한 산보자의 꿈 J.루소/엄기용
65 파이돈 플라톤/최현
66 백장미의 수기 I.숄/홍경호
67 소년 시절 H.헤세/홍경호
68 어떤 사람이기에 김동길
69 가난한 밤의 산책 C.힐티/송영택
70 근원수필 김용준
71 이방인 A.카뮈/이정림
72 롱펠로 시집 H.롱펠로/윤삼하
73 명사십리 한용운
74 왼손잡이 여인 P.한트케/홍경호
75 시민의 반항 H.소로/황문수
76 민중조선사 전석담
77 동문서답 조지훈
78 프로타고라스 플라톤/최현
79 표본실의 청개구리 염상섭
80 문주반생기 양주동
81 신조선혁명론 박열/서석연
82 조선과 예술 야나기 무네요시/박재삼
83 중국혁명론 모택동(외)/박광종 엮음
84 탈출기 최서해

85 바보네 가게 박연구
86 도왜실기 김구/엄황섭 엮음
87 슬픔이여 안녕 F.사강/이정림·방곤
88 공산당 선언 K.마르크스·F.엥겔스/서석연
89 조선문학사 이명선
90 권태 이상
91 내 마음속의 그들 한승헌
92 노동자강령 F.라살레/서석연
93 장씨 일가 유주현
94 백설부 김진섭
95 에코스파즘 A.토플러/김진욱
96 가난한 농민에게 바란다 N.레닌/이정일
97 고리키 단편선 M.고리키/김영국
98 러시아의 조선침략사 송정환
99 기재기이 신광한/박헌순
100 홍경래전 이명선
101 인간만사 새옹지마 리영희
102 청춘을 불사르고 김일엽
103 모범경작생(외) 박영준
104 방망이 깎던 노인 윤오영
105 찰스 램 수필선 C.램/양병석
106 구도자 고은
107 표해록 장한철/정병욱
108 월광곡 홍난파
109 무서록 이태준
110 나생문(외) 아쿠타가와 류노스케/진웅기
111 해변의 시 김동석
112 발자크와 스탕달의 예술논쟁 김진욱
113 파한집 이인로/이상보
114 역사소품 곽말약/김승일
115 체스·아내의 불안 S.츠바이크/오영옥
116 복덕방 이태준
117 실천론(외) 모택동/김승일
118 순오지 홍만종/전규태
119 직업으로서의 학문·정치 M.베버/김진욱(외)
120 요재지이 포송령/진기환
121 한설야 단편선 한설야
122 쇼펜하우어 수상록 쇼펜하우어/최혁순
123 유태인의 성공법 M.토케이어/진웅기
124 레디메이드 인생 채만식
125 인물 삼국지 모리야 히로시/김승일
126 한글 명심보감 장기근 옮김
127 조선문화사서설 모리스 쿠랑/김수경
128 역옹패설 이제현/이상보
129 문장강화 이태준
130 중용·대학 차주환
131 조선미술사연구 윤희순
132 옥중기 오스카 와일드/임헌영
133 유태인식 돈벌이 후지다 덴/지방훈
134 가난한 날의 행복 김소운
135 세계의 기적 박광수
136 이퇴계의 활인심방 정숙
137 카네기 처세술 데일 카네기/전민식

138 요로원야화기 김승일
139 푸슈킨 산문 소설집 푸슈킨/김영국
140 삼국지의 지혜 황의백
141 슬견설 이규보/장덕순
142 보리 한흑구
143 에머슨 수상록 에머슨/윤삼하
144 이사도라 덩컨의 무용에세이 I.덩컨/최혁순
145 북학의 박제가/김승일
146 두뇌혁명 T.R.블랙슬리/최현
147 베이컨 수상록 베이컨/최혁순
148 동백꽃 김유정
149 하루 24시간 어떻게 살 것인가 A.베넷/이은순
150 평민한문학사 허경진
151 정선아리랑 김병하·김연갑 공편
152 독서요법 황의백 엮음
153 나는 왜 기독교인이 아닌가 B.러셀/이재황
154 조선사 연구(草) 신채호
155 중국의 신화 장기근
156 무병장생 건강법 배기성 엮음
157 조선위인전 신채호
158 정감록비결 편집부 엮음
159 유태인 상술 후지 덴
160 동물농장 조지 오웰
161 신록 예찬 이양하
162 진도 아리랑 박병훈·김연갑
163 책이 좋아 책하고 사네 유형두
164 속담에세이 박연구
165 중국의 신화(후편) 장기근
166 중국인의 에로스 장기근
167 귀여운 여인(외) A.체호프/박형규
168 아리스토파네스 희곡선 아리스토파네스/최현
169 세네카 희곡선 테렌티우스/최현
170 테렌티우스 희곡선 테렌티우스/최현
171 외투·코 고골리/김영국
172 카르멘 메리메/김진욱
173 방법서설 데카르트/김진욱
174 페이터의 산문 페이터/이성호
175 이해사회학의 카테고리 막스 베버/김진욱
176 러셀의 수상록 러셀/이성규
177 속악유희 최영년/황순구
178 권리를 위한 투쟁 R.예링/심윤종
179 돌과의 문답 이규보/장덕순
180 성황당(외) 정비석 엮음
181 양쯔강(외) 펄벅/김병걸
182 봄의 수상(외) 조지 기싱/이창배
183 아미엘 일기 아미엘/민희식
184 예언자의 집에서 토마스만/박환덕
185 모자철학 가드너/이창배
186 짝 잃은 거위를 곡하노라 오상순
187 무하선생 방랑기 김상용
188 어느 시인의 고백 릴케/송영택

범우사 E-mail:bumwoosa@chol.com TEL 02)717-2121

국내외 명작중 현대의 고전을 엄선한 획기적인 본격 비평문학선집

범우비평판 세계문학선

❶ 토마스 불핀치
1-1 그리스·로마 신화 최혁순 값 10,000원
1-2 원탁의 기사 한영환 값 10,000원
1-3 샤를마뉴 황제의 전설 이성규 값 8,000원

❷ 도스토예프스키
2-1.2 죄와 벌(상)(하) 이철(외대 교수) 각권 값 8,000원
2-3.4.5 카라마조프의 형제(상)(중)(하)
김학수(전 고려대 교수) 각권 9,000원
2-6.7.8 백치(상)(중)(하) 박형규 각권 7,000원
2-9.10.11 악령(상)(중)(하) 이철 각권 9,000원

❸ W. 셰익스피어
3-1 셰익스피어 4대 비극 이태주(단국대 교수)
값 10,000원
3-2 셰익스피어 4대 희극 이태주 값 10,000원
3-3 셰익스피어 4대 사극 이태주 값 12,000원
3-4 셰익스피어 명언집 이태주 값 10,000원

❹ 토마스 하디
4-1 테스 김회진(서울시립대 교수) 값 10,000원

❺ 호메로스
5-1 일리아스 유영(연세대 명예교수) 값 9,000원
5-2 오디세이아 유영 값 9,000원

❻ 밀 턴
6-1 실낙원 이창배(동국대 교수) 값 10,000원

❼ L. 톨스토이
7-1.2 부활(상)(하) 이철(외대 교수) 각권 7,000원
7-3.4 안나 카레니나(상)(하) 이철 각권 10,000원
7-5.6.7.8 전쟁과 평화 1.2.3.4 박형규
각권 10,000원

❽ 토마스 만
8-1 마의 산(상) 홍경호(한양대 교수) 값 9,000원
8-2 마의 산(하) 홍경호 값 10,000원

❾ 제임스 조이스
9-1 더블린 사람들 김종건(고려대 교수) 값 10,000원
9-2.3.4.5 율리시즈 1.2.3.4 김종건 각권 10,000원
9-6 젊은 예술가의 초상 김종건 값 10,000원
9-7 피네간의 경야(抄)·詩·에피파니 김종건
값 10,000원
9-8 영웅 스티븐·망명자들 김종건 값 12,000원

❿ 생 텍쥐페리
10-1 전시 조종사(외) 조규철 값 8,000원
10-2 젊은이의 편지(외) 조규철·이장ییه 값 7,000원
10-3 인생의 의미(외) 조규철(외대 교수) 값 7,000원
10-4.5 성채(상)(하) 염기용 값 8,000원~10,000원
10-6 야간비행(외) 전채린·신경자 값 8,000원

⓫ 단테
11-1.2 신곡(상)(하) 최현 값 9,000원

⓬ J. W. 괴테
12-1.2 파우스트(상)(하) 박환덕 값 7,000원~8,000원

⓭ J. 오스틴
13-1 오만과 편견 오화섭(전 연세대 교수) 값 9,000원

⓮ V. 위 고
14-1.2.3.4.5 레 미제라블 1~5 방곤 각권 값 8,000원

⓯ 임어당
15-1 생활의 발견 김병철 값 12,000원

⓰ 루이제 린저
16-1 생의 한가운데 강두식(전 서울대 교수)
값 7,000원

⓱ 게르만 서사시
17 니벨룽겐의 노래 허창운(서울대 교수)
값 13,000원

⓲ E. 헤밍웨이
18-1 누구를 위하여 종은 울리나
김병철(중앙대 교수) 값 10,000원
18-2 무기여 잘 있거라(외) 김병철 값 12,000원

⓳ F. 카프카
19-1 성(城) 박환덕(서울대 교수) 값 10,000원
19-2 변신 박환덕 값 10,000원
19-3 심판 박환덕 값 8,000원
19-4 실종자 박환덕 값 9,000원
19-5 어느 투쟁의 기록(외) 박환덕 값 12,000원

⓴ 에밀리 브론테
20-1 폭풍의 언덕 안동민 값 8,000원

㉑ 마가렛 미첼
21-1.2.3 바람과 함께 사라지다(상)(중)(하)
송관식·이병규 각권 10,000원

㉒ 스탕달
22-1 적과 흑 김붕구 값 10,000원

㉓ B. 파스테르나크
23-1 닥터 지바고 오재국(전 육사교수) 값 10,000원

㉔ 마크 트웨인
24-1 톰 소여의 모험 김병철 값 7,000원
24-2 허클베리 핀의 모험 김병철 값 9,000원
24-3.4 마크 트웨인 여행기(상)(하) 박미선
각권 10,000원

작가별 작품론을 함께 실어 만든 출판 37년이 일궈낸 세계문학의 보고!

대학입시생에게 논리적 사고를 길러주고 대학생에게는 사회진출의 길을 열어주며,
일반 독자에게는 생활의 지혜를 듬뿍 심어주는 문학시리즈로서
범우비평판은 이제 독자여러분의 서가에서 오랜 친구로 늘 함께 할 것입니다.

㉕ 조지 오웰
  25-1 동물농장·1984년 김회진 값 10,000원
㉖ 존 스타인벡
  26-1,2 분노의 포도(상)(하) 전형기 각권 7,000원
  26-3,4 에덴의 동쪽(상)(하) 이성호(한양대 교수)
  각권 9,000~10,000원
㉗ 우나무노
  27-1 안개 김현창(서울대 교수) 값 7,000원
㉘ C. 브론테
  28-1,2 제인 에어(상)(하) 배영원 각권 8,000원
㉙ 헤르만 헤세
  29-1 知와 사랑·싯다르타 홍경호 값 9,000원
  29-2 데미안·크눌프·로스할데 홍경호 값 9,000원
  29-3 페터 카멘친트·게르트루트
     박환덕(서울대 교수) 값 9,000원
  29-4 유리알 유희 박환덕 값 12,000원
㉚ 알베르 카뮈
  30-1 페스트·이방인 방 곤(경희수) 값 9,000원
㉛ 올더스 헉슬리
  31-1 멋진 신세계(외) 이성규·허정애 값 10,000원
㉜ 기 드 모파상
  32-1 여자의 일생·단편선 이정림 값 9,000원
㉝ 투르게네프
  33-1 아버지와 아들 이정림 값 9,000원
  33-2 처녀지·루딘 김학수 값 10,000원
㉞ 이미륵
  34-1 압록강은 흐른다(외)
     정규화(성신여대 교수) 값 10,000원
㉟ T. 드라이저
  35-1 시스터 캐리 전형기(한양대 교수) 값 12,000원
  35-2,3 미국의 비극(상)(하) 김병철 값 9,000원
㊱ 세르반떼스
  36-1 돈 끼호떼 김현창(서울대 교수) 값 9,000원
  36-2 (속)돈 끼호떼 김현창(서울대 교수) 값 13,000원
㊲ 나쓰메 소세키
  37-1 마음·그 후 서석연 값 12,000원
㊳ 플루타르코스
  38-1~8 플루타르크 영웅전 1~8 김병철
     각권 8,000원~9,000원
㊴ 안네 프랑크
  39-1 안네의 일기(외) 김남석·서석연(전 동국대 교수)
     값 9,000원
㊵ 강용흘
  40-1 초당 장문평(문학평론가) 값 10,000원
  40-2 동양선비 서양에 가시다 유영(연세대 교수)
     값 12,000원
㊶ 나관중
  41-1~5 원본 三國志 1~5 황병국(중국문학가)
     값 10,000원
㊷ 귄터 그라스
  42-1 양철북 박환덕(서울대 교수) 값 10,000원
㊸ 아쿠타가와류노스케 43-1 아쿠타가와 작품선
     진웅기·김진욱(번역문학가) 값 10,000원
㊹ F. 모리악
  44-1 떼레즈 데께루·밤의 종말(외)
     전채린(충북대 교수) 값 8,000원

㊺ 에리히 M. 레마르크 45-1 개선문 홍경호(한양대 교수·문학박사) 값 12,000원
  45-2 그늘진 낙원 홍경호·박상배(한양대 교수)
     값 8,000원
  45-3 서부전선 이상없다(외)
     박환덕(서울대 교수) 값 12,000원
㊻ 앙드레 말로 46-1 희망 이가형(국민대 대우교수) 값 9,000원
㊼ A. J. 크로닌 47-1 성채 공문혜(번역문학가) 값 9,000원
㊽ 하인리히 뵐 48-1 아담 너는 어디 있었느냐(외)
     홍경호(한양대 교수) 값 8,000원
㊾ 시몬느 드 보봐르 49-1 타인의 피 전채린(충북대 교수) 값 8,000원
㊿ 보카치오 50-1,2 데카메론(상)(하) 한형곤(외국어대 교수)
     각권 11,000원
51 R. 타고르 51-1 고라 유영(연세대 명예교수) 값 13,000원
52 R. 롤랑 52-1~5, 장 크리스토프
     김창석(번역문학가) 값 12,000원
53 노발리스 53-1 푸른꽃(외) 이유영(전 서강대 교수) 값 9,000원

(全冊 새로운 편집·장정 / 크라운변형판)
계속 발간됩니다.

범우사 E-mail:bumwoosa@chol.com TEL 02)717-2121

온고지신(溫故知新)으로 21세기를!

현대사회를 보다 새로운 시각으로 종합진단하여
그 처방을 제시해주는

범우사상신서

1 자유에서의 도피 E. 프롬/이상두
2 젊은이여 오늘을 이야기하자 훼스프레스敎/방곤·최혁순
3 소유냐 존재냐 E. 프롬/최혁순
4 불확실성의 시대 J. 갈브레이드/박현채·전철환
5 마르쿠제의 행복론 L. 마르쿠제/황문수
6 너희도 神처럼 되리라 E. 프롬/최혁순
7 의혹과 행동 E. 프롬/최혁순
8 토인비와의 대화 A. 토인비/최혁순
9 역사란 무엇인가 E. 카/김승일
10 시지프의 신화 A. 카뮈/이정림
11 프로이트 심리학 입문 C.S. 홀/안귀여루
12 근대국가에 있어서의 자유 H. 라스키/이상두
13 비극론·인간론(외) K. 야스퍼스/황문수
14 엔트로피 J. 리프킨/최현
15 러셀의 철학노트 B. 페인버그·카스릴스(편)/최혁순
16 나는 믿는다 B. 러셀(외)/최혁순·박상규
17 자유민주주의에 희망은 있는가 C. 맥퍼슨/이상두
18 지식인의 양심 A. 토인비(외)/임헌영
19 아웃사이더 C. 윌슨/이성규
20 미학과 문화 H. 마르쿠제/최현·이근영
21 한일합병사 야마베 겐타로/안병무
22 이데올로기의 종언 D. 벨/이상두
23 자기로부터의 혁명 ① J. 크리슈나무르티/권동수
24 자기로부터의 혁명 ② J. 크리슈나무르티/권동수
25 자기로부터의 혁명 ③ J. 크리슈나무르티/권동수
26 잠에서 깨어나라 B. 라즈니시/길연
27 역사학 입문 E. 베른하임/박광순
28 법화경 이야기 박혜임
29 융 심리학 입문 C.S. 홀(외)/최현
30 우연과 필연 J. 모노/김진욱
31 역사의 교훈 W. 듀란트(외)/천희상

32 방관자의 시대 P. 드러커/이상두·최혁순
33 건전한 사회 E. 프롬/김병익
34 미래의 충격 A. 토플러/장을병
35 작은 것이 아름답다 E. 슈마허/김진욱
36 관심의 불꽃 J. 크리슈나무르티/강옥구
37 종교는 필요한가 B. 러셀/이재황
38 불복종에 관하여 E. 프롬/문국주
39 인물로 본 한국민족주의 장을병
40 수탈된 대지 E. 갈레아노/박광순
41 대장정—작은 거인 등소평 H. 솔즈베리/정성호
42 초월의 길 완성의 길 마하리시/이병기
43 정신분석학 입문 S. 프로이트/서석연
44 철학적 인간 종교적 인간 황필호
45 권리를 위한 투쟁(외) R. 예링/심윤종·이주향
46 창조와 용기 R. 메이/안병무
47-1 꿈의 해석 ㊤ S. 프로이트/서석연
47-2 꿈의 해석 ㊦ S. 프로이트/서석연
48 제3의 물결 A. 토플러/김진욱
49 역사의 연구 ① D. 서머벨 엮음/박광순
50 역사의 연구 ② D. 서머벨 엮음/박광순
51 건건록 무쓰 무네미쓰/김승일
52 가난이야기 가와카미 하지메/서석연
53 새로운 세계사 마르크 페로/박광순
54 근대 한국과 일본 나카스카 아키라/김승일
55 일본 자본주의의 정신 야마모토 시치헤이/김승일·이근원
56 정신분석과 듣기 예술 E. 프롬/호연심리센터

▶ 계속 펴냅니다

범우사 서울시 마포구 구수동 21-1호 전화 717-2121, FAX 717-0429
http://www.bumwoosa.co.kr (천리안·하이텔 ID) BUMWOOSA

범우고전선

온고지신(溫故知新)으로 21세기를!

시대를 초월해 인간성 구현의 모범으로 삼을 만한 책을 엄선

1 유토피아 토마스 모어/황문수
2 오이디푸스 王 소포클레스/황문수
3 명상록·행복론 M.아우렐리우스·L.세네카/황문수·최현
4 깡디드 볼페르/염기용
5 군주론·전술론(외) 마키아벨리/이상두
6 사회계약론(외) J.루소/이태일·최현
7 죽음에 이르는 병 키에르케고르/박환덕
8 천로역정 존 버니언/이현주
9 소크라테스 회상 크세노폰/최혁순
10 길가메시 서사시 N.K.샌다즈/이현주
11 독일 국민에게 고함 J.G.피히테/황문수
12 히페리온 F.횔덜린/홍경호
13 수타니파타 김운학 옮김
14 쇼펜하우어 인생론 A.쇼펜하우어/최현
15 톨스토이 참회록 L.N.톨스토이/박형규
16 존 스튜어트 밀 자서전 J.S.밀/배영원
17 비극의 탄생 F.W.니체/곽복록
18-1 에 밀(상) J.J.루소/정봉구
18-2 에 밀(하) J.J.루소/정봉구
19 팡세 B.파스칼/최현·이정림
20-1 헤로도토스 歷史(상) 헤로도토스/박광순
20-2 헤로도토스 歷史(하) 헤로도토스/박광순
21 성 아우구스티누스 고백록 A.아우구스티누/김평옥
22 예술이란 무엇인가 L.N.톨스토이/이철
23 나의 투쟁 A.히틀러/서석연
24 論語 황병국 옮김
25 그리스·로마 희곡선 아리스토파네스(외)/최현
26 갈리아 戰記 G.J.카이사르/박광순
27 善의 연구 니시다 기타로/서석연
28 육도·삼략 하재철 옮김
29 국부론(상) A.스미스/최호진·정해동
30 국부론(하) A.스미스/최호진·정해동
31 펠로폰네소스 전쟁사(상) 투키디데스/박광순
32 펠로폰네소스 전쟁사(하) 투키디데스/박광순
33 孟子 차주환 옮김
34 아방강역고 정약용/이민수
35 서구의 몰락 ① 슈펭글러/박광순
36 서구의 몰락 ② 슈펭글러/박광순
37 서구의 몰락 ③ 슈펭글러/박광순
38 명심보감 장기근
39 월든 H.D.소로/양병석
40 한서열전 반고/홍대표
41 참다운 사랑의 기술과 허튼 사랑의 질책 안드레아스/김영락
42 종합 탈무드 마빈 토케이어(외)/전풍자
43 백운화상어록 백운화상/석찬선사
44 조선복식고 이여성
45 불조직지심체요절 백운선사/박문열
46 마가렛 미드 자서전 M.미드/최혁순·최인옥
47 조선사회경제사 백남운/박광순
48 고전을 보고 세상을 읽는다 모리야 히로시/김승일
49 한국통사 박은식/김승일
50 콜럼버스 항해록 라스 카사스 신부 엮음/박광순
51 삼민주의 쑨원/김승일(외) 옮김
52-1 나의 생애(상) L.트로츠키/박광순
52-2 나의 생애(하) L.트로츠키/박광순
53 북한산 역사지리 김윤우
54-1 몽계필담(상) 심괄/최병규
54-2 몽계필담(하) 심괄/최병규

▶ 계속 펴냅니다

범우사 서울시 마포구 구수동 21-1호 TEL 717-2121, FAX 717-0429
http://www.bumwoosa.co.kr (E-mail) bumwoosa@chollian.net